40대 여성, 이제부터가 진짜 인생의 시작이다

40대 여성,

이제부터가 진짜 인생의 시작이다

시모쥬 아키코 지음 | 오희옥 옮김

지혜의나무

chapter *1*   자녀가 품에서 떠난 뒤에 사는 보람을 찾는 법

chapter *2* 서로의 자립을 인정하는 가족의 의미와 삶

chapter **3** 보다 충실한 하루를 만드는 자신의 '시간 활용법'

chapter 4 50대·60대를 준비하는 나 만들기·미래 만들기

여자의 40대,
이제부터가 자신의 진짜 인생의 시작이다

30대와 어떻게 다른가?

40대를 어떤 시기로 이해할 것인가? 30대의 연장으로 생각할 것인가? 50대의 전단계로 생각할 것인가? 두 가지 모두 맞는다고 할 수 있다. 하지만 어느 쪽을 선택하든 40대를 어떻게 보내느냐가 그 사람의 일생을 결정하는 것은 분명하다.

나는 『30대 여성, 자신의 인생을 설계하라』에서 '30대는 여자에게 있어서 은밀한 출항의 시기이다'라고 썼다. 출항한 후, 닻을 올리고 어디로 향할 것인가, 어느 항구에 정박하고 누구를 만나

무엇을 할 것인가? 그 여행의 절정이 40대이다.

종착지인 항구는 보이지 않고 목적지까지는 아직 멀기만 하다. 그런 상황 속에서 여행은 계속하지 않으면 안 된다. 화창한 날씨에 기분 좋게 항해하는 날이 있는가 하면, 며칠이고 거친 파도를 이겨내지 않으면 안 될 때도 있다.

40대는 그런 변화 가운데에 놓여 있기 때문에 섣불리 판단할 수 없는 가장 괴로운 시기이다. 그렇기 때문에 40대를 살아가는 방법 여하에 따라서 50대 이후의 인생은 전혀 달라진다. 이른바 그 사람의 인생의 결말이 어떻게 될 것인가는 40대에 달려 있다.

물론 사람마다 모두 다르다. 그 가운데에는 대기만성형도 있지만 대부분의 경우라면 50대 이후에는 결과가 나온다. 그 결과를 어떻게 만들어갈 것인가는 이미 여러 차례 말했지만 40대까지의 인생에 달려 있다.

수확의 시기인 50대 이후를 맞이하기 전까지 벼를 크게 키우길 바란다. 설사 태풍이 불어오더라도 다시 한번 일어서서 자세를 가다듬자.

젊었다면 중간에 한눈을 팔더라도 시간은 충분히 있다. 한눈을 파는 것도 그 사람의 인생을 풍요롭게 해준다고 생각하면 잠깐 한눈을 파는 것도 나쁘지 않다. 하지만 40대가 되면 한눈을 팔 틈이 없다. 40대에는 인생의 방향을 잡고 목적지를 향해서 조금씩 궤도를 수정해야 한다.

그런 의미에서 보면 40대는 인생에서 가장 힘든 시기일지도 모른다.

내가 40대의 의미를 깨달은 것도 50대에 들어선 뒤였다. 50대에 들어선 뒤 다시 마음을 다잡았을 때 40대가 보이기 시작했다. 그렇구나, 그렇게 하면 되는 거였구나, 이렇게 했으면 어떤 결과가 나왔을까, 하는 후회가 없지 않았다. 하지만 하루하루 바쁘게 열심히 살면서 50대를 맞았다. 40대인 당신이 앞으로 해야 할 일은 40대까지 자신이 해온 일을 어떻게 마무리할 것인가, 어떻게 일을 통해서 표현할 것인가이다.

나는 40대를 보내면서 내가 걸어가는 길만큼은 가늠해두자고 생각했었다.

내 경우에는 일을 하고 있는 탓에 어쩔 수 없이 일 이야기가 되지만 글 쓰는 일을 죽을 때까지 계속하고 싶다고 생각했다. 내용이 가벼운 것에서 무거운 것으로, 그리고 커다란 주제로 서서히 발전시켜가고 싶었다. 구체적으로 말하면 논픽션과 함께, 정반대가 되는 것 같지만 예전부터 픽션도 쓰고 싶었다.

그리고 개인적으로는 주변에 있는 사람들을 아끼고 후회하지 않도록 내가 좋아하는 일을 하고 싶었다.

왜 40대가 중요한가?

옛날에는 사람의 인생을 '50년'으로 보았다. 그때의 시각에서 보면 쉰 살 이후는 여생으로 보아도 좋을 것이다. 쉰 살까지는 억척스럽게 열심히 살고, 쉰 살 이후부터는 조금 더 여유를 갖고 자신답게 살면서 그때까지 해온 일을 사회에 조금씩 환원하지 않으면 안 된다. 그렇게 살기 위해서라도 40대를 어떻게 살 것인가를 생각하는 것은 중요하다.

40대는 고민이 많은 시기이기도 하다. 연령적으로는 젊은 것도 아니고 노인도 아니다. 자녀들은 성장해서 부모의 품을 떠나고, 남편은 일에 쫓겨 바쁜데다 책임이 무거운 지위에 있는 경우가 많다.

자신 혼자만 남겨진 듯한 불안……. 무엇인가를 하고 싶고 자신의 삶의 방식을 확립하고 싶지만 마음만 초조할 뿐 아무것도 손에 잡히지 않는다. 하지만 다른 사람들을 보면 착실히 자신의 길을 걸어가고 있는 듯 보인다.

그래서 '난 틀렸다'고 자포자기하거나 술에 취해서 스스로 자신을 망치는 경우도 많다.

하지만 그렇다고 해서 주변 사람들의 관심을 기대해선 안 된다. 누구도 당신을 그 밑바닥에서 구해주지 않는다. 남편과 자녀는 물론이고 하물며 이웃의 부인이나 친구가 구해줄 리 없다. 스스로 자신을 구하는 것부터 시작해야 한다.

지금 자신의 인생에 스스로 책임을 지지 않으면 평생 자신에 대해 책임지지 않는 무책임한 삶을 살게 된다.

'아이들을 위해서, 남편을 위해서 살았는데……'라고 불평만 쏟아놓는다. '나는 나 자신을 위해서 살았다'라고 분명하게 말할 수 있기 위해서는 40대를 어떻게 사는가가 중요하다.

40대는 자신의 인생을 살 것인가, 그럭저럭 다른 사람들과 마찬가지로 살 것인가의 갈림길이다.

갈림길에서 어느 쪽을 선택할 것인가? 누구나 자기 나름대로 인생을 살고 싶어 할 것이다. 하지만 그것은 힘들다. 편한 것은 다른 사람들과 마찬가지 일을 하면서 그럭저럭 하루하루를 보내는 것이다.

다만 편한 것을 선택하는 사람은 즐거움이 무엇인지 모르고 일생을 마치게 될 것이다. 즐거운 것과 편한 것은 다르다. 힘든 일을 할 때 비로소 즐거움도 생기는 법이다.

'여자의 인생은 남자에게 달려 있다'는 말도 이젠 옛말

어떤 사람들은 자신의 길을 걷고, 또 어떤 사람들은 불평만 하

면서 다른 사람을 부러워한다. 40대가 되면 그 삶이나 사고방식이 얼굴에 나타난다.

40대를 지나 표정에서 여유가 느껴지는 사람은 자기 나름대로의 삶을 살아온 사람이다. 젊었을 때 자타가 공인하는 미인으로 피부 관리에 신경을 쓴 사람이라도 자신의 길이 없는 사람은 표정에 생기가 없다. 빛이 사라지는 것이다.

남자는 얼굴에 사회적인 지위나 경력이 나타나지만, 여자는 속마음이 그대로 드러나기 때문에 얼굴에도 그 사람의 삶이 나타난다. 그렇기 때문에 여자의 경우 표정이 좋고 안 좋고는 그 사람의 인생에 달려 있다고 말할 수 있다.

또한 여자의 경우 자신이 책임져야 할 일을 환경 탓으로 돌리는 사람이 많다. 결혼한 상대가 나빴다, 자란 환경이 좋지 않았다, 돈이 더 많았다면…… 등등의 말로 책임을 회피하려고 할 뿐 스스로 노력하려고 하지 않는다.

여자의 인생은 결혼하는 남자에 달려 있다는 말은 이젠 옛말이다. 그렇게 수동적으로 생각하기 때문에 안 되는 것이다. 환경 때문에 자신이 잘못된 것이 아니라, 자신이 아무것도 하지 않기 때문에 잘 되지 않는 것이다. 인간의 가치는 그곳에서 결정된다.

지금 자신에게 주어진 환경은 어쨌든 자신의 것이다. 그 속에서 어떻게 하면 즐겁게 살고, 보다 나은 삶을 살 수 있는지 생각해야 한다. 그것을 생각하지 않으면 아무것도 시작할 수 없다.

10대나 20대라면 환경을 탓해도 통용되는 부분이 있지만, 40대가 되어서도 환경을 탓하는 것은 당치도 않다. 그런 환경을 만들고 있는 것은 바로 자기 자신이기 때문이다.

사람들 중에는 환경이 좋아지면 자신도 변할 것이라고 생각하는 사람이 있지만, 환경이 바뀐다고 해도 정작 자신은 변하지 않는다. 불평만 해대는 사람은 환경이 바뀌어도 여전히 불평을 한다. 조금 달라지는 듯 싶지만 얼마 못가 원래대로 돌아간다.

환경이 바뀐다고 해서 자신이 달라지는 것이 아니라, 자신이 삶의 방식을 바꿀 때 그 환경이 변화하는 것이다. 따라서 지금 자신의 삶의 방식을 바꾸는 것이 최우선이다.

40대가 되어서도 불평만 하는 것은 보는 사람조차 괴롭다. 그럴 시간이 있다면 마음을 다잡고 지금 있는 자리에서 보다 나은 삶을 살아야 한다.

자신에게 엄격하고 자신에게 강해지자

40대에 주어진 시간은 10년이다. 어떤 일이든 10년을 계속하면 대부분은 일정한 목표에 도달할 수 있다. 이 10년을 낭비해선 안 된다. 40대의 10년은 그 전까지의 20년, 혹은 30년의 가치가 있을지도 모른다.

성인이 되는 스무 살을 경계로 그때부터 30년, 그리고 쉰 살부터 여든 살까지의 30년, 모두 같은 30년이다. 나는 쉰 살부터 30년의 인생은 그 사람이 40대에 무엇을 생각하고, 어떤 생각으로 살고, 무엇을 했는가에 따라 달라진다고 생각한다.

그렇기 때문에 40대에 생각만 하거나 방황하기만 해선 자칫하면 늦는다. 행동을 해야 한다. 무엇이든 직접 자신의 손으로 시작해야 한다. 일이든 취미든 실제로 행동하지 않으면 소용이 없다.

30대에 충분히 생각하고 계획했던 일을 실행에 옮기는 것, 40대는 가능성이 충분히 있는 시기이다.

하루는 눈 깜빡할 사이에 흘러간다. 텔레비전을 보아도 흘러가고, 친구와 수다를 떨거나 쇼핑을 하고 하루하루의 식사를 준비하는 동안에도 세월은 날아가는 화살처럼 흘러간다.

하루하루를 자신의 것으로 만들기 위해서는 의지력이 필요하다. 주변에 휩쓸려서 따라가지 말고 고집스럽게 자신을 만드는 강인함을 가져야 한다.

40대의 여자는 강해지지 않으면 안 된다. 자신에게 엄격하고 강해져야 한다. 번번이 편한 삶을 선택하려는 자신과 싸우지 않으면 안 된다.

고령화 사회라고 하지만 늙는 만큼 더 즐겁고 자신답게 살아야 한다. 그런데 그런 삶을 살기 위해서는 토대가 필요하다.

40대에 그런 인생의 토대를 튼튼하게 만들어야 한다. 그러면 좀더 나이가 들었을 때 결실을 볼 수 있다. 50대 이후에 시작하는 것은 늦다. 그렇게 생각하면 헛되이 시간을 보낼 수만은 없다.

40대는 인생에서 넘어야 할 하나의 커다란 산이다. 그 어려움을 이겨낼 수 있는 의지를 기르자.

40대에 분발하면 50대·60대가 편해진다

나는 40대에 아주 많이 고민했다. 특히 50대가 목전에 닥쳤을 때 열심히 생각했다.

쉰 살 이후를 어떻게 살면 좋은가? 실제로 쉰 살이 된 후에는 '이젠 더 물러설 수 없다'고 마음을 다잡았지만 객관적으로 나 자신의 인생을 보면 40대와 50대는 확실히 다르다.

하고 싶은 일은 변함없이 많지만 시간에 쫓기는 형편이어서 반드시 해야 할 일이 몇 가지로 좁혀지곤 한다. 좀처럼 시작하지 못한 일들에 대해서는 대략 언제쯤부터 시작할 것인가 하는 계획만 세워두고 있다.

중간에 생각지도 못했던 사건이나 일이 생겨서 중단되는 경우도 있지만, 그 일이 일단락 지어진 뒤에 또다시 시작하면 된다.

생각지도 못했던 일들이 생기고 상황의 변화도 있다. 하지만 한 가지 한 가지 주어진 일을 해가지 않으면 안 된다.

40대에 미리 길이라도 만들어놓으면 무슨 일이 있든 그곳으로 돌아가면 되기 때문에 길이 없는 것에 비하면 큰 어려움은 없다. 하지만 만약 길조차 정해져 있지 않다면 갑작스런 사건 이후에는 모든 것이 무너질 수도 있다.

어머니도 아내도 아닌, 한 사람의 인간으로 서기 위해

나는 요즘 일을 하는 것이 정말 다행이라고 생각하고 있다. 일을 하면 사적으로 어떤 괴로운 일이 있어도 해야 할 일이 기다리고 있기 때문에 그 자리로 돌아가게 된다. 일은 나 자신의 궤도를 수정하는 데 많은 도움이 되었다.

그래서 진지하게 임할 수 있는 일을 한 가지 갖는 것은 필요하다. 나는 일을 통해서 언제나 자세를 바르게 유지할 수 있었다.

일을 하면서 힘든 때도 있었고 심한 처사에 우울해진 때도 있었고 다시 일어설 수 없을 정도로 충격을 받았던 때도 있었지만 일을 그만두려고 생각한 적은 한번도 없었다.

20대 후반에 딱 한 번 마음을 주었던 사람이 내가 일을 그만두길 바란다는 것을 알았을 때도 결국은 일을 선택했었다. 그때

만약 일을 그만두었더라도 다른 형태로 또다시 일을 시작했을 것이다. 글을 쓰는 일은 집에서도 할 수 있는 일이니까.

나는 일이 좋다. 나 자신을 표현할 수 있는 방법은 일밖에 없다고 생각한다. 그리고 자기표현은 나에게 있어서 살아 있다는 증거이다.

일을 한다고 해서 반드시 밖으로 나갈 필요는 없다. 자신의 자세를 바르게 유지할 수 있는 것을 한 가지만 갖고 있으면 된다. 진지하게 자신과 마주할 수 있는 것이면 된다.

피아노를 전공한 어떤 지인은 평범한 주부이지만 지금도 피아노를 마주할 때만큼은 자신의 자세를 바르게 갖게 된다고 말한다. 집에서 아이들에게 피아노를 가르치거나 혼자 연주하는 시간만큼은 남편이나 자녀로부터 완전히 독립된 온전한 자신만의 시간이 되는 것이다.

또한 중학교 시절 나의 라이벌이었던 한 친구는 결혼한 뒤 30대부터 취미로 목공예를 시작했다. 지방에 살면서 나이 차이가 많이 나는 남편을 내조하면서도 목공예만큼은 꾸준히 했고, 자녀가 어느 정도 성장한 40대부터는 목공예에 더욱 전념했다. 그 결과 50대 초에 결실을 맺었다. 이름 있는 공예대전에서 입상한 것이다.

나처럼 젊어서부터 밖으로 나가 일한 사람은 40대, 50대로 나이가 들수록 지치지만, 그 친구처럼 나이가 들어서 시작하면 그때까지 모아졌던 힘이 한꺼번에 분출된다. '이제부터 내 인생이 시작되는 거야.'라고 했던 그 친구의 말은 생각만 해도 마음 든든하다.

나는 20대, 30대, 40대를 줄곧 달려 왔고, 나 자신을 위해서 충실하게 살고자 노력했다. 그렇기 때문에 이제부터는 다른 사람을 위해 일하고 싶다. 하지만 지금까지 남편이나 자녀를 위해 살아온 사람이라면 지금부터는 자신을 위한 인생을 만들어가는 것이 중요하다.

그리고 한 가지를 더 꼽는다면 사회를 바라보는 눈을 키워야 한다. 40대가 되면 사회 속의 자신의 자리를 찾아야 한다. 가정에서뿐만 아니라, 한 사람의 개인으로서 사회와의 연결을 생각해야 하는 것이다.

자원봉사도 좋고 밖에서 일하는 것도 좋다. 어머니나 아내의 역할이 아닌 자신이라는 한 사람의 인간으로 어떻게 살 것인가. 30대에 품었던 물음을 풀기 위해서 40대에는 몸으로 직접 행동하고, 50대에 답을 찾을 수 있도록 준비하자.

chapter 1

자녀가 품에서 떠난 뒤에
'사는 보람'을 찾는 법

진짜 '자신'을 되찾기 위해

자신을 **표현하는** 장이 있는가?

왜 여성잡지의 '수기'에 관심을 모으는가?

여성잡지는 한때 온통 수기로만 채워졌던 때가 있었다. 그 시
작은 『부인공론』이었다. 정기적으로 수기를 모아 특집으로 펴내
면 그때마다 잘 팔렸고, 지금도 그 여운이 조용하게 계속되고 있
다.

수기의 내용은 성에 대한 고백이 대부분을 차지했고 재미있게
읽을 수 있는 것도 대부분 그런 내용이었다. 그 전까지 고부간의
문제나 자녀문제에 관한 내용이 많았다면, 그 즈음부터는 부부에

관한 내용이 많았다. 특히 부부관계를 남편과 아내로서보다 남자와 여자로 이해하고 있다는 점이 눈에 띄는 변화이다.

수기는 글을 쓰는 사람들의 경험이 적나라하게 표현되기 때문에 생동감이 넘치고 충격적인 내용도 많았다. 그런 수기를 대하면서 처음 한동안은 어떻게 그 정도까지 자신의 경험을 미주알고주알 쓸 수 있는지 의아스러웠다. 애절함을 담고 있는 수기는 성을 다룬 삼류소설보다도 표현이 더 노골적이었고, 그런 이유 때문에 여자가 흥미를 느끼는 것은 섹스뿐인가 하는 생각이 들 정도였다. 솔직히 나도 남성들에게 그런 질문을 자주 받았다.

"부인공론에 실린 수기를 보면 여자들도 참 대단해. 그런 글을 태연하게 쓰다니……."

하지만 그렇게 말하는 남자들은 여자들이 어떤 생각으로 그 글을 쓰는지 잘 모른다. 나는 항상 이렇게 대답했다.

"그건 여자가 자기 자신에 대해서 말하기 시작했다는 증거예요. 성에 대해 쓰는 것이 자신을 솔직하게 말하는 가장 가까운 길이니까."라고.

성에 관한 것이라면 누구든 편하게 자신에 대해 말할 수 있다. 소설도 좋고 시도 좋다. 그림, 노래, 무엇이든 좋다. 성에 대해 쓰는 것 이외에 다른 방법을 갖고 있는 사람이라면 어떤 형태로든 자기 자신을 표현할 수 있을 것이다. 하지만 자신을 표현할 다른 방법을 갖지 못한 일반 주부가 솔직하게 자신을 고백하려고 할 때 가장 쉬운 표현방법은 자신의 내부에 있는 끈적끈적한 자신의 섹스에 대해 말하는 것이 아닐까.

섹스에 관한 수기를 쓰기 시작한 것은 여자들이 마음속으로 자신에 대해 말하고 싶다는 증거이다.

더욱이 성에 대한 적나라한 고백에 그치지 않고 보다 다양한 형태로 자신을 표현하는 방법을 익히게 된다면 그려지는 내용이 틀림없이 조금씩 변화될 것이다. 자신의 성을 구체적으로 밑바닥까지 표현하려고 하는 지루함이 서서히 사라지고 표현에 있어서도 미적이고 추상적인 것이 나타나게 될 것이다.

아무도 내 말을 들어주지 않는다

여자들에 비하면 남자들은 다양한 자기표현수단을 갖고 있다. 일과 취미, 그리고 술을 비롯해서 자신을 구속하는 것으로부터 자유로워지는 방법을 알고 있다. 하지만 여자는 외부와 차단된 가정에 오랜 세월 매여 지내면서 자신을 표현하는 방법을 차츰 잃어간다.

내 말을 들어주는 사람이 있었으면, 누구든 내 이야기를 귀담아 들어주는 사람이 있었으면, 하고 여자들은 생각한다. 남편은 집에 와서도 회사에서 있었던 일에 대해서는 함구를 하고 피곤해 할 뿐 아내의 말에는 귀를 기울이지 않는다. 어쩌다 진지하게 아내가 말을 하려고 해도 상대해주지 않는다. 출구를 찾기 위해 일을 하고 싶다고 말해도 웃음으로 얼버무리고 만다.

자녀는 자녀대로 어렸을 때는 어머니를 잘 따르다가도 중학교나 고등학교로 진학하면 자신의 친구들과 어울리고 자신의 세계를 만들어가기 때문에 부모로부터 멀어진다.

아무도 자신의 이야기를 들어주지 않는다. 나는 이렇게도 가슴이 터질 것만 같은데……. 외치고 싶다. 뭉크의 유명한 '외침'처럼 혼자 외롭게 외쳐보지만 목소리가 상대편에게까지 닿지 않는다. 그 외침은 자신의 마음속 동굴에서 허무하게 울리고 있을 뿐이다.

텔레비전이나 라디오의 상담코너가 유행했던 때가 있다. 나도 그런 프로그램에 몇 차례 출연한 적이 있지만, 그때마다 이상하다는 생각이 들곤 했었다. 어째서 자신의 중요한 일을 얼굴 한 번 본 적 없는 생면부지의 제3자에게 상담을 하는 것일까 하고.

몇 번 출연하는 동안 그 의문이 풀렸다. 그것은 상담이 아니다. 다른 사람의 의견을 듣고 싶은 것이 아니라, 사실은 자신의 이야기를 들어주었으면 하는 것이다. 아무런 관계도 없는 제3자에게 자신이 하고 싶은 말을 마음껏 하고 그런 자신을 이해해주었으면 하는 것이다. 상담을 하는 것은 그런 간절한 마음이 담긴 행동이라는 것을 이해할 수 있었다.

나도 그런 일이 자주 있다. 친구에게 의논할 때도 사실은 이미 내 스스로는 결론을 내린 뒤이지만 다시 한 번 확인하기 위해서 상대방의 의견을 구하는 경우가 많다. 의미 있는 충고를 기대한다기보다 나 자신을 이해해주었으면 하는 생각에서 하는 것이다.

자기표현이 중요한 것은 그것을 통해서 자신을 확인할 수 있기 때문이다. 마음속으로만 생각하거나 고민할 때는 분명한 형태를 갖지 않지만 한번 말로 하거나 글로 쓰는 '표현'의 형태를 빌리면 스스로 자신이 하고 싶었던 말을 분명하게 확인할 수 있다. 그렇기 때문에 자기표현은 중요하고 누구든 하지 않을 수 없는 것이다.

'불평만 하는 사람' '불만을 말하지 않는 사람'—그 차이는?

불평을 말하는 여자와 말하지 않는 여자, 불만뿐인 여자와 불만을 말로 하지 않는 여자, 그 차이를 말하자면 그것은 버릇 때문도 아니고, 참을성이 있어서도 아니다. 하물며 환경과 같은 외적인 조건 때문도 아니다. 불평이나 불만만 늘어놓는 사람은 스스로가 오랜 세월을 그런 사람으로 만든 것이다. 한편으로 불평이나 불만을 말하지 않는 사람은 그런 사람으로 자기 자신을 만든 것이다.

그 차이가 더 크게 벌어지는 것이 40대이다.

불평이나 불만만 늘어놓는 사람은 당연한 일이지만 아름답지 않다. 표정도 어둡고 부정적인 그늘이 드리워져 있다. 불평이나 불만을 다른 것으로 바꿀 수 있는 사람은 몸 전체에 산뜻함을 담고 있다.

스스로가 그렇게 만들었다고 하지만 어떻게 해서 그 정도로 큰 차이가 생기는 것일까. 이런 모습이 아니었다고 부정해도 그런 사실을 깨달았을 때는 이미 보기 싫은 여자가 된 다음이다.

나는 그 차이가 자기표현의 장을 갖고 있느냐 그렇지 않느냐의 차이에서 오는 것이 아닐까 생각한다. 자기표현이라고 하면 왠지 거북하고 멋지게 해야 한다고 생각하기 쉽지만, 무엇이든 좋다. 어떤 사소한 일이라도 자신을 표현할 수 있으면 그만이다. 그런 사람은 후회하지 않는다.

우리 모두는 누구에게나 '자신'이라는 존재가 있다. 개인으로 살고 있으며, 그런 자신을 어떤 형태로든 표현하고 다른 사람들이 자신을 이해해주었으면 하고 생각한다. 그것이 충족되고 있는가 그렇지 않은가의 문제인 것이다.

솔직히 말하면, 글을 쓰거나 그림을 그리거나 노래를 부르는 등의 특별한 무엇인가를 하는 것만이 자기표현이 아니다. 살아 있다는 것 자체가 자기표현이고, 아침 일찍 일어나서 밤에 잠자리에 들기까지 '나'라는 인간이 무엇을 생각하고 무엇을 하고 무엇을 말했는가—그 모든 것이 자기표현이다.

그렇기 때문에 활기가 있는 사람들은 삶의 구석구석까지 자신을 표현하면서 살고, 자신을 속이는 사람에게는 그와 같은 생기가 없다. 어디에서든 좀더 자신을 제대로 표현하자. 단 하나뿐인 자신을.

'자기표현의 장'이 있는 사람은 활기가 있다

불평이나 불만이 생기는 이유는 자신을 제대로 표현하지 못하기 때문이다.

젊었을 때는 나름대로 모두가 자기주장을 폈다. 멋을 내는 것도 그렇고, 취미도 그렇고, 운동이나 여가 등 바쁜 일상 속에서 다양하게 자신을 발산시켰다. 그런 기회나 유혹이 많기 때문에 불평이나 불만을 풀어갈 수 있었다.

하지만 결혼을 하면 자녀의 출산, 남편과 자녀의 뒤치다꺼리 등으로 인해서, 혹은 물리적인 시간에 쫓기면서 자기표현의 장은 어디론가 사라지고 만다. 일상에 묻혀 사는 동안 가슴속에는 불평과 불만이 앙금처럼 쌓여만 간다.

불만을 말로 표현하는 동안은 그나마 괜찮다. 그러나 시간이 지날수록 점차 밖으로 드러내지 않게 되고 그런 자신이 싫어진다. 그곳에서 놓여나기 위해서 주방에서 한두 잔 술을 마시다보면, 급기야 알코올 중독으로 발전하는 이른바 '아내들의 사춘기'에 빠진다. 그것은 가정에 있으면서 사회생활을 하지 않았던 탓만도 아니고, 밖에서 일을 한다고 해서 해방될 수 있는 것도 아니다.

어디에든 자신을 표현하는 장을 갖고 있다면 이겨낼 수 있지만, 그 방법을 상실하면 누구든 좌절하고 말 것이다.

밖에서 일을 하는 여성의 대부분은 일을 통해서 자기표현의 장을 발견한다. 물론 자신에게 맞지 않는 일을 하거나 조직체 속에서 하나의 톱니에 불과한 경우도 있지만 그런 경우라도 어느 곳에서든 자신을 표현할 수 있다. 혹은 자기표현을 시도한다. 가정에만 매여 있는 여성보다 활기가 있는 것은 그런 이유 때문이 아닐까.

남자는 대부분 사회나 조직의 대의명분을 위해 일하지만 여자는 자신을 위해서 일을 한다. 그런 차이가 일에 대한 남자와 여자의 생각의 차이로 나타난다. 나는 개인적으로 여자가 자신을 위해 일하는 것은 멋진 일이라고 생각한다. 일은 본래 자기표현의 장이다. 그 형태가 다양한 것은 여성 쪽이 일을 자신 쪽으로 끌어당기고 즐기고 있기 때문은 아닐까 싶다.

물론 직장에서도 불평이나 불만만 늘어놓는 여성이 없는 것은 아니다. 일이 돈을 버는 수단이고 재미없는 것이라고 결론짓는다면 자기표현은 이루어질 수가 없다.

가정에 있든 어디에 있든 자기표현은 가능하다. 자녀의 도시락 반찬을 준비하거나 남편과 대화하는 가운데서, 혹은 문화센터나 스포츠센터에서 배움을 통해서도 얼마든지 자기표현을 할 수 있다. 마음만 있다면 말이다. 하지만 표현의 장이 없다고 생각하거나 있더라도 어떻게 표현해야 좋을지 모르는 채 지내고 있다.

도대체 무엇을 하면 좋은가? 어떻게 하면 초조함이 해소될 수 있는가? 그 실마리를 잡지 못하고 있다.

글을 쓰면 이런 이점이 있다

나는 한 달에 한 번 문화센터에서 에세이를 가르치고 있다.

사람들에게 가르치는 일은 가장 자신 없는 일이어서 하고 싶지 않았지만, 강좌를 찾는 사람들이 '에세이'를 씀으로 해서 표현하는 기쁨과 괴로움을 조금이라도 느낄 수 있길 바라는 마음에서 맡게 되었다.

나는 수업에서 조사나 문법, 문장의 구성 등은 일절 가르치지

않는다. 처음에 글짓기교실 같은 것을 상상하고 온 사람들은 깜짝
놀랐었다고 한다. 친절하지 않다고 생각한 사람도 있었던 모양이
다.

나의 수업 방식은 일단 써보는 것이다. 종이 위에 자신을 표현
하는 것이다. 나는 매 수업마다 '비'나 '만추(晚秋)' 등과 같은 커
다란 주제를 준다. 그러면 수강생들은 자신이 정한 제목으로 400
자 원고지 3, 4매 정도로 글을 써간다. 글 솜씨가 없어도 상관없
고, 조사의 쓰임이 이상해도 상관없다. 나는 수강생들에게 자신의
목소리에 귀 기울이면서 마음속의 자신의 속마음을 쓰도록 하고
있다.

나는 수강생들이 글을 쓰기 전에 몇 번이나 '글쓰기는 창피를
당하는 것'이라고 말한다. 그리고 에세이를 쓰는 것은 자기표현이
기 때문에 사람마다 다른 것이 당연하고 그것이 에세이의 묘미다,
다른 사람의 흉내를 내지 말고 쓰기 바란다고 덧붙이곤 한다.

나는 그들이 쓴 글을 읽고 놀랐다. 처음 쓰는 글이지만 믿기지
않을 정도로 작품 하나하나가 재미있었기 때문이다. 감각적인 사
람, 일상을 잘 묘사하는 사람, 리듬감 있는 문장—무엇보다도 글
속에 살아 숨쉬는 개성이 흥미로웠다.

내 수업에서는 일단 글을 쓰게 하고 글이 완성되면 사람들 앞
에서 자신이 쓴 글을 직접 읽게 한다. 그것으로 그치지 않고 나머

지 사람들도 그 글에 대한 자신의 느낌을 말한다. 이런 수업방식을 통해서 수강생들은 다른 사람들이 쓴 것을 보고 듣고, 각자가 갖고 있는 개성이 완전히 다르다는 사실을 확인한다.

내가 할 수 있는 것은 각자가 갖고 있는 개성의 싹을 꺾지 않고 키워주는 일이다. 좋은 점을 칭찬해서 다음으로 이어주고, 내가 깨달은 것을 다음 글을 쓸 때 활용할 수 있도록 이야기해준다.

누구든 자신을 표현할 수 있다

처음 한동안 글쓰기가 괴롭다고 말하던 사람들이 어느 정도 시간이 지나고 나면 글 쓰는 것을 즐거워한다. 다행한 일이다. 이제 그들에게는 자신을 표현하는 방법이 있다. 그것도 자신의 심정을 적나라하게 토로하는 수기 형식이 아니라, 조금이라도 객관적으로 자신의 마음을 바라보는 방식으로 글 쓰는 습관을 들인 것이다. 지금은 글을 객관적으로 하나의 작품으로 읽을 수 있게 되었다.

문장이 많이 다듬어졌다거나 읽기 쉽다는 정도의 차이는 있지만, 나로서는 열 명이 넘는 그들이 쓴 에세이의 우열을 가리기가 어렵다. 나의 취향에 맞고 안 맞는 부분이 있을지언정, 글 하나하나에 자신들의 생각을 잘 담아내고, 횟수를 거듭할수록 더욱 좋아지고 있다.

하나의 형태로 깔끔하게 글을 완성하면 나는 그것을 분해해보도록 권한다. 형태나 패턴에 얽매임 없이 마음껏 쓰길 바라기 때문이다.

솔직히 가르치고 있는 내가 가장 떨어지는 것이 아닌가, 반성할 때도 있다.

처음 한동안은 에세이를 가르치는 것이 썩 내키지는 않았지만 강의실에서 수강생들과 마주하는 동안 나도 차츰 수업시간이 즐거워지기 시작했다. 그들과 그들의 에세이를 통해서 한 사람 한 사람을 보다 깊이 있게 이해할 수 있었다. 수강생들끼리 친구도 되고, 크리스마스 즈음에는 한 수강생의 집에서 다과 모임도 가졌다. 나도 초대를 받았다. 또 다른 새로운 만남이 있었던 것이다.

에세이 강좌에서는 모두가 글을 통해서 자신을 드러내 보이기 때문에 단순히 수다를 떠는 것보다 깊이 있게 상대방을 이해할 수 있다. 그런 자리가 되었다는 사실을 다행으로 여기고 있다.

수강생의 구성은 나이가 지긋한 남성 한 명을 제외하고 모두 여성이다. 일을 갖고 있는 사람도 있고 전업주부도 있지만 대략 30대 후반에서 50대에 걸친 주부가 많다. 오랫동안 글을 쓸 틈도 없이 잡다한 집안일에 쫓기면서 산 그들이지만, 그들이 쓴 글 구석구석에는 샘솟듯 자기 자신이 표현되어 있다.

무엇이든 기회가 있으면 누구나 자신을 표현할 수 있다. 그 방식이나 형태가 어떠하든 자신에게 맞는 방법을 찾자.

요즘 유행하고 있는 문화센터 붐도 단지 멋있어 보인다는 이유 때문에 생긴 것이 아니다. 마음속 어딘가에 있는 자신을 표현하고 싶다는 욕구에서 나온 것은 아닐까. 그 증거로 여성들은 단지 수동적으로 강사가 말하는 것을 듣기만 하는 것이 아니라 열심히 공부하고 적극적으로 임하고 있다.

나의 에세이 강좌를 찾아오는 사람들은 글 쓰는 것을 좋아한다. 그렇기 때문에 그 많은 강좌 중에서 에세이를 선택한 것이다. 자기표현의 장을 글쓰기를 통해서 찾으려는 것이다.

어렵게 틔운 싹을 그대로 방치해둘 수는 없다. 강좌를 처음 맡았을 때는 1년만 하겠다고 생각했었지만, 그 싹이 뿌리를 내려 튼튼하게 성장하도록 돕는 것이 나의 역할이라고 생각한 뒤로 처음의 생각을 접고 계속해서 에세이 강좌를 맡고 있다. 나에게 있어서도 에세이 강좌는 '발견의 장'이고, 그들에 의해 계발되고 있다.

40대에 할 수 있는 힘든 일을 하자

헛되게 시간을 버리고 있지 않은가?

중년을 판단하는 방법 중 한 가지는 '으쌰'라는 말을 쓰느냐 안 쓰느냐다. 자신도 모르게 '으쌰'라는 말을 하면 중년이라고 한다.

생각해 보면 나도 집에 돌아와서 숨을 돌리고 자리에 앉을 때 무심결에 '으쌰'라는 말을 한다. 그 사실을 깨닫고는 마음이 무거웠지만 그 말은 너무나 자연스럽게 입에서 흘러나온다.

'으쌰'라는 말은 일종의 장단을 맞추는 소리이다. 자신을 격려하기 위해서 무의식중에 힘을 모으면서 내는 소리이다. 젊을 때는 그런 소리를 내지 않아도 자연스럽게 몸이 움직이지만 점차 그런 소리를 내지 않으면 움직이지 못한다. 그만큼 체력이 떨어지고 쉽게 지친다는 증거일 것이다.

하지만 '으쌰'는 단지 말일 뿐이다. 아직은 체력이나 기력 면에서 충분히 힘 쓸 수 있는 시기이다.

나는 『30대 여성, 자신의 인생을 설계하라』에서 여자의 30대는 자신의 마음에서 들려오는 소리에 귀를 기울이고 그곳에서 출발하여 출항하는 시기다, 라고 썼다. 그렇다면 40대는 실행으로 옮기는 시기이다. 30대에 출항한 것을 계기로 경력을 쌓아올리는 시기인 것이다.

실력을 쌓고 다가올 50대를 대비해서 충실한 시간을 보내자. 아이들로부터 자유로워졌다고 해서 아무런 목적도 없이 놀러 다니거나 수다 떠는 일에 정신을 빼앗겨서는 안 된다. 물론 짧은 시간이나마 해방감에 젖는 것도 좋겠지만 한 숨 돌린 뒤에는 힘든 일을 해두어야 한다.

자신의 마음에 귀 기울여서 느끼거나 생각하는 시기에는 어려움을 모른다. 그것을 실행으로 옮기게 되면 이렇게 힘든 것이었나, 하고 새삼스럽게 어려움을 실감하게 된다.

'우리 남편은 몰라준다'고 말하기 전에 생각해두어야 할 일

자녀가 어느 정도 성장하고 나면 아내들은 밖으로 나가서 일을 하고 싶어 하지만 대부분의 남편들은 아내들이 일을 하는 것에 선뜻 찬성하지 않는다. 그런 경우 아내들은 '우리 남편은 이해를 못한다'고 말한다. 하지만 남편의 그런 태도가 상대방을 배려하지 않는 행동이라고 단언할 수 있을까. 어떤 의미에서는 옳은 부분도 있는 것은 아닐까.

남자들은 밖에서 일하는 어려움을 오랜 세월 지겨울 정도로 겪었다. 그렇기 때문에 아내들이 일을 하고 싶다고 말할 때 아무런 준비도 없이 분위기에 휩쓸리고 있다는 생각이 들면 쉽게 찬성하지 못하는 것이다.

힘들다는 이유로 며칠 지나지도 않아서 그만두거나 사정운운하면서 일을 쉬면 주변 사람이 고생을 한다. 남자들은 그런 예를 많이 보아왔다. 남편의 반대 속에는 일하러 세상 밖으로 나간 아내가 다른 사람에게 폐를 끼치는 것은 아닐까, 걱정하는 부분도 있다.

그렇기 때문에 진심으로 일하길 원한다면 당신의 실력을 남편에게도 보여주어야 한다. 한 번 시작한 일은 계속하자. 자신이 하겠다고 결정한 무엇인가에 모든 것을 건 비장한 모습을 보여준다면 남편들도 틀림없이 마지막에는 고집을 꺾어줄 것이다. 그러기 위해서는 힘든 일을 주저하지 말고 해야 한다.

편한 일만 찾는 사람은 진정한 즐거움을 결코 맛볼 수 없다. 힘든 일을 해보아야 비로소 즐거움을 안다. 앞에서 언급했지만, 즐거운 것과 편한 것은 다르다. 편한 일은 아무런 노력을 들이지 않기 때문에 매너리즘에 빠지기 쉽고, 쉽게 질린다. 힘든 일은 그 속에 자신의 노력을 들이고 머리를 쓰기 때문에 결과적으로 즐거움이 생긴다.

안전한 곳, 편한 곳만 걸어서는 진짜 즐거움을 알 수 없다. 무엇인가 새로운 일에 도전하고 자신의 것으로 만드는 에너지가 필요하다. 그 에너지를 응축시켜서 폭발시키면 된다. 출구를 찾아 헤매던 힘을 발산시키는 것이다. 30대에 방황하면서 찾던 출구를 향해 힘껏 자신의 힘을 부딪쳐보길 바란다.

40대를 바라보는 시각은 사람마다 다르겠지만, 분명한 것은 젊은 것도 아니고 늙은 것도 아닌 어중간한 상태이다. 똑바로 자신을 바라보자. 이 40대를 어떻게 사느냐에 따라 시간이 흐른 뒤에 커다란 차이로 나타난다. 40대는 힘든 시기이기 때문에 더더욱 힘든 일을 해두지 않으면 안 된다.

왜, 지금, 그것을 시작하지 않으면 안 되는가?

물론 힘든 일, 노력을 요하는 일은 나이와 상관없이 해야만 하고 또 할 필요가 있다. 사람은 일생 동안 그런 일에 쫓기면서 살아간다.

하지만 무엇인가에 도전하거나 새로운 일을 시작하는 에너지는 나이를 먹어감에 따라 차츰 줄어든다. 젊을 때는 힘들이지 않고 할 수 있었던 일이 나이를 먹으면 자기 자신을 억지로라도 할 수 있도록 정열을 쏟지 않으면 하기 어렵다.

나는 가능하면 새로운 일에 도전하는 것은 50대가 되기 전에 시작하는 것이 좋다고 생각한다. 자신이 정말로 하고 싶은 힘든 일은 50대가 되기 전에 시작해두자. 왜냐하면 쉰 살을 넘어서면 시작하는 것을 망설이게 되고 체력적으로도 힘들어서 아무것도 하지 못하고 시간만 흘려보내는 일이 정말 많기 때문이다. 하지만 일단 시작한 일을 계속하는 것은 그렇게 어렵지 않다. 그렇기 때문에 아직 체력도 있고 충분히 젊은 40대에 시작해두어야 한다.

누가 뭐래도 많은 에너지가 소요되는 것은 무언가를 시작하는 일이다. 일단 시작해 놓으면 그것을 계속하는 데 어떤 어려움이 닥칠지 짐작할 수 있다. 계속하는 데 들이는 에너지는 시작할 때 들이는 에너지보다 그렇게 대단한 것이 아니다.

40대는 실행에 옮기는 시기이다. 어쨌든 해보자. 시작해야 한다. 몇 번이고 하는 말이지만 그 결과는 50대, 60대에 반드시 나온다.

그것은 비단 여자만 그런 것이 아니다. 남자의 경우도 마찬가지이다. 40대를 어떻게 사는가에 따라서 인생이 달라진다. 50대 이후에는 그 결과가 나온다.

40대에는 있는 힘껏 살자. 힘든 일을 하자. 여자의 경우도 마찬가지이다.

50대 이후에 그것이 어떤 영향을 미치는가. 40대에 자신이 해야 할 일을 찾은 사람은 노후를 자신답게 자신의 존재의의를 스스로 찾으며 살 수 있다. 자신이 살아 있다는 의미를 스스로 찾는다. 그것은 어려운 일이지만 우리가 노후를 즐겁게 살기 위해서는 그것이 절대로 필요하다.

힘든 일을 해두면 나이가 들어서도 즐겁게 살 수 있다

사람이 태어나 80년을 사는 시대이다. 스무 살을 성인이라고 할 때 쉰 살까지 30년, 그 후에 또 30년이 있다. 그렇게 보면 쉰 살이 딱 중간지점이다. 40대는 중간지점을 향해 힘껏 달리는 시기이다.

젊은 30년 동안 자신을 위해 힘든 일을 한 사람은 남은 30년의 삶이 풍요로워진다. 그와 반대로 편한 일만 한 사람은 시시한 노후를 맞을 것이다.

예전에는 나이를 먹는다는 것이 중요한 일이었고 존경받는 존재가 되는 일이었다.

가정에서도 할아버지나 할머니는 가장 큰 어른이었고 '부모에게 효도'하는 유교정신이 일본에도 살아 있었다. 하지만 지금은 어떤가? 핵가족화 이후 노인과 젊은 부부가 함께 사는 세대는 꾸준히 줄고 있고, 설사 함께 살더라도 노인은 어른 대접은커녕 자녀들의 집을 전전긍긍하며 짐짝 취급받는 처지로 전락했다.

그렇다면 사회 속에서는 어떤가? 만담을 살펴보면 문제가 생길 때는 반드시 마을에서 상담역할을 했던 은둔자를 찾아간다. 은둔자는 대부분 노인으로 지식과 경험이 많다. 예전에는 노인들에게도 만담에서처럼 지식과 경험을 마음껏 살릴 수 있는 자리가 있었다. 자문역할을 하는 존재였고 가만히 있어도 가정과 사회에서 존경받는 대상이었다. 외부에서 존재의의를 부여해주었던 것이다.

하지만 지금은 어떤가? 나이든 사람을 찾아가서 의견을 구하는 사람은 찾아보기 어렵다. 어디 그뿐인가? 빠르게 발전해가는 세상의 변화를 미처 따라가지 못하는 노인들을 '구태의연하다'거나 '화석'이라고까지 말하는 것이 요즘 세태이다.

이런 시대에 장수해서 여든 살까지 살아야 한다면 큰일이다. 밖에서 존재의의를 인정해주지 않는다면 최소한 자기 스스로 인정해주는 것 이외에는 방법이 없다.

자녀도 남편도 이웃의 부인도 인정해주지 않는다. 자신이 살아있다는 것을 확인할 수 있는 무엇인가를 40대인 지금부터 스스로 찾을 수밖에 없다.

훨씬 나이가 든 뒤에 보람을 느끼며 살기 위해서는 40대를 어떻게 사는가가 가장 중요하다. 이것은 몇 번이고 강조해도 지나치지 않다. 이 시기에 어느 정도 노력하고 힘든 일을 했는가. 그것이 문제가 되는 것이다.

정말로 하고 싶은 일이 있다면 일단 시작해보자. 바로 결과가 나오지 않아도 좋다. 아직 앞으로 남은 날이 많다. 시작할 때는 편한 일을 고를 것이 아니라 힘든 일을 고르자. 편한 일이라면 언제든지 시작할 수 있다. 에너지가 필요한 일, 체력이 필요한 일로 어쨌든 힘든 일을 찾아 40대에는 실행에 옮기자.

그렇게 하면 50대가 지나도 그것을 계속할 수 있고, 자연스럽게 자신이 해야 할 일, 자신이 현재하고 있는 일의 의의를 스스로 찾을 수 있을 것이다.

'남자는 일이 있어서 좋겠다'는 말은 정말로 옳은가?

그렇다면 도대체 무엇을 하면 좋을까?

"그것을 알면 나도 실행에 옮길 수 있어요."하는 소리가 어딘가에서 들려오는 것 같다.

차갑게 들릴지 모르지만 그것은 스스로 찾을 수밖에 없다. 모색하고 스스로 찾는 과정 자체도 자신의 존재의의를 분명하게 해주기 때문이다.

하지만 여자의 경우에는 그나마 괜찮다. 그렇게 말하면,

"왜죠? 남자에겐 일이 있잖아요."

라는 반론을 제기하는 사람이 있을지도 모르겠다.

분명히 남자는 밖에서 일을 한다. 그러나 그 일을 언제까지 할수 있을까? 자유업은 예외로 하더라도 직장인에게는 반드시 정년이 있기 마련이다. 자영업에서도 어느 시점에서는 아들이나 딸에게 대를 물려주게 될 것이다. 그러면 일이 없어진다.

아내 쪽에서 '남자는 좋겠다'고 부러워하는 일자리가 없어지는 것이다. 적어도 자신을 표현할 수 있는 자리를 잃고 만다. 그렇게되면 남자들의 상황은 여자들보다 더욱 좋지 않다. 집에만 있게되면 긴장감이 떨어지고 자부심도 잃고 급기야 아내나 자녀로부터는 대형쓰레기 취급을 받기 쉽다.

여자의 경우는 그나마 괜찮다. 여자는 마지막 순간까지 해야
할 일이 있다. 집안일이 있기 때문이다. 여자들은 며느리가 있든
자녀가 있든 자신이 할 수 있는 일은 건강한 동안에는 계속한다.
식사 준비를 하거나 청소를 하거나 얼마든지 있다. 해야만 하는
일이 있는 것이다. 그렇기 때문에 괜찮다. 의무감을 갖고 해야 할
일이 있으면 긴장된 상태를 유지하고 몸도 써야 하기 때문에 괜
찮다. 남자의 경우에는 갑자기 일이 없어지기 때문에 치매에 걸리
거나 병에 걸리기 쉽다.

그렇기 때문에 남자에게도 집안일, 즉 가사에 흥미를 갖게 해
야 한다. 좋아하는 일, 자신 있는 일을 찾아서 한 가지라도 일거리
를 만들어야 한다. 아내들은 매일 남편을 보기 때문에 알 것이다.
긴 앞날을 내다보고 남편을 어르거나 칭찬하면서 남편의 재능을
키워주자.

남편이 활기 있게 장수하기 위해서는 여자가 현명해지지 않으
면 안 된다. 그것은 여자 자신을 위한 일이기도 하다. 그렇게 하면
집안일을 한 가지 덜 수 있고 자신의 시간을 만들 수 있다. 그 시
간에 여자는 세상 밖을 향해 나가야 한다. 지금까지 집안에만 온
신경을 쏟았던 것을 외부의 가치로 전환하는 기회로 만들어야 한
다.

밖에서 일하는 것만 보람 있는 일이 아니다

보람이 있는 힘든 일이란 밖에서 일하는 것 한 가지만 있는 것은 아니다. 마음만 있다면 언제든지 자신의 존재가치를 발견할 수 있는 자리가 있다.

봉사활동이 그 대표적인 예이다. 봉사활동은 다른 사람을 위해 하는 일이 아니라 바로 자신을 위한 일이다. 봉사를 통해서 다른 사람을 기쁘게 할 수도 있지만 그것은 또한 자신의 기쁨도 된다. 자신도 사회의 일원이고, '자신'이 도움을 줄 수 있다는 존재의의를 발견할 수 있다.

봉사활동은 돈이나 여가가 있는 사람이 기부를 하거나 시간을 소비하는 것이 아니다. 지금 자신이 할 수 있는 일을 자신의 몸을 써서 하는 것이 진정한 의미의 봉사이다. 예를 들어 노인을 간병하거나 시각장애인에게 책을 읽어주는 일은 모두 편한 일이 아니다.

하지만 그런 힘든 일을 함으로써 얻는 것은 매우 크다. 자신이 하고 싶은 일, 무엇인가 다른 사람에게 도움이 되는 일, 몸을 쓰는 일을 40대에 시작하자. 그러면 힘든 것이 즐거움으로 바뀔 것이다.

내가 시작한 힘든 일 ─ 논픽션과 발레

치밀하게 조사하고 누적시켜 쓴다!─논픽션을 선택한 이유

나는 쉰 살이 되기 바로 전만 해도 심각하게 생각했다.

예전에는 쉰 살을 넘긴 여자는 '노인'으로 불렸다. 인간의 평균 수명이 50년이던 시대에는 분명 그러했을 것이고, 얼마 전까지도 신문기사에 '쉰 살의 노인이 교통사고를 당했다'라는 문구가 쓰이기도 했다.

하지만 요즘 쉰 살은 전혀 다르다. 과거의 쉰 살은 지금의 여든 살 정도라고 생각해도 좋을 정도이고, 그렇게 생각하면 나의 인생

도 앞으로 30년은 더 남아 있다. 스무 살부터 시작해서 30년, 쉰 살을 기점으로 아직 그만큼의 세월이 있기 때문에 지금부터 무엇인가를 시작해도 아직 충분히 할 수 있다. 그렇게 살기 위해서는 지금 시작하지 않으면 안 된다.

쉰 살이 된 이후에는 어쩌면 새로운 일을 시작하고 도전하기에는 에너지가 부족할지도 모른다. 하지만 계속하는 일은 가능할 것이다. 좋아, 쉰 살이 되기 전에 시작하자. 그래서 힘든 일을 해야겠다고 결심했다.

일과 사생활 쪽에서 각각 한 가지씩 힘든 일을 시작했다.

내 경우 일이라고 하면 '글을 쓰는 것'이 일이다. 글을 통해서 내 자신을 표현하는 것이다. 나는 그 전에도 에세이나 평론은 계속 써왔다. 그런 것을 정리한 책도 몇 권 출판했다. 그 하나하나가 힘든 일이었지만 시간을 들여 조사하고 정리하는 일 중에 사람들이 알지 못하는 정말 힘든 일은 다름 아닌 논픽션이다.

최근에는 소설도 쓰고 있지만 나에게 소설은 오히려 즐거운 부분이 많다. 내 나름대로 다음의 전개를 생각하고 글로 쓰는 것이 즐겁다. 그런 점과 비교하면 논픽션은 착실하게 쌓아가는 과정이다. 그때까지 내가 한 일 중에서 가장 부족했던 부분은 바로 착실하게 그리고 부지런히 조사하고 내 발로 직접 찾아다니는 것이었다. 어려움이 닥치면 어떻게든 약삭빠르게 그 어려움을 해결하는 버릇이 들어 있었다. 그것은 시간에 쫓기면서 화면으로 보이는 부분만을 평가받고 순간적인 집중력을 필요로 했던 방송 일을 하면서 몸에 배인 습관인지도 모른다. 그 대신 착실하게 노력을 들이는 일을 잘 못한다. 그런 습성에 젖어 있어서는 좋은 글이 써질 리 없다.

그래서 나는 새롭게 시작해야 할 힘든 일의 하나로 논픽션을 써보기로 했다. 어쨌든 쉰 살이 되기 전에 책 한 권을 쓰자고 마음먹었다.

한 가지 일을 끝내면 새로운 길이 보인다

그때 내가 선택했던 소재는 우리 외할머니이다. 외할머니는 여자라면 부모가 이르는 대로 시집을 갈 수 밖에 없던 시대에 태어났지만 일을 하고 싶다는 바람으로 염색 공부를 했다. 하지만 열아홉이 되던 해에 혼담 때문에 집으로 돌아가야 하는 상황을 맞는다. 그 뒤 가출을 했지만 찾아온 부모님의 손에 이끌려 다시 집으로 돌아가야 했고, 결국 이웃으로 시집을 갔다. 독자였던 외할아버지는 문학에 빠져서 지주였던 집안일을 돌보지 않았다. 그렇기 때문에 야무지게 집안일을 해줄 며느리로 외할아버지의 부모에게 낙점되었던 것이다.

외할머니는 마지못해 시집을 갔다. 하지만 마음을 다잡고 그곳을 자신의 자리로 삼고 할아버지가 돌아가신 뒤에도 혼자 힘으로 농지해방 등을 맞으면서 전후 30년 동안 혈혈단신으로 집을 지키며 살았다.

정도의 차이는 있지만 당시의 여자들은 모두 비슷한 고생을 했다. 나는 그런 할머니의 일생을 찾고 또 찾아서 글을 써갔다. 몇 번이나 어머니의 고향으로, 그리고 폭설이 내리는 곳을 찾아가서 많은 사람들에게 이야기를 들었다. 그러기를 3년, 마흔 아홉에 어렵게 글을 마무리할 수 있었다.

책으로 펴낸 뒤 글을 읽으면서 부족한 점이 많다고 생각했지만 내가 존경하는 논픽션 작가로부터도 스스로 부족하다고 생각했던 부분을 지적받았다. 그것은 내가 글을 쓰는 동안 할머니와 마찬가지로 행동하면서 할머니의 아픔을 정말로 이해했는가, 하는 점이었다. 나는 자신의 상상력과 직감에 지나치게 무게를 두는 나쁜 버릇 때문에 직접 행동하지 않고 머리로만 생각하는 부분이 있다. 그 논픽션에서도 직접 행동하는 부분이 턱없이 부족했다.

하지만 그 책을 마무리한 뒤에 나는 안정을 찾았다. 일종의 자신감 같은 것이 생겼다. 나도 할 수 있다, 어쨌든 한 가지 일이 끝났다는 기쁨은 쉰 살 이후의 삶에 자신감을 가져다주었다. 하면 되는 것이다.

옛날 시대의 보통 여자의 인생을 통해서 역사란 마음을 이어가는 것이라는 사실을 깨달았다. 몇 년 몇 월에 무슨 일이 일어났는가 하는 현상이 아니라, 그때 그곳에 살았던 사람들의 생각을 다음 대의 사람들이 이어가는 것, 그것이 여자의 역사이다. 할머니에서 어머니로, 그리고 어머니에서 나로, 과거로부터 지금의 시대로 생각이 이어져왔기 때문에 여자 쪽에서 보면 조금씩 좋은 환경이 만들어지고 있다. 여자도 일을 하고, 자기표현의 장을 가질 수 있게 되었다.

그 과정 속에서 나는 유명한 여성이나 색다른 체험을 한 경험자가 아닌 보통의 여자로 거침없이 그러나 열심히 자신의 의지를 갖고 살아온 여성을 발굴하는 일을 하고 싶다는 생각을 갖게 되었다. 문체도 그 전과 비교하면 변화가 있었다.

40대 후반에 힘껏 노력한 결과를 50대가 된 지금, 나는 분명한 촉감으로 느낀다. 예전과 마찬가지로 느슨해지고 게으름도 부리지만 하나의 길이 보인다. 그 길을 걸어가는 것이 나의 앞으로의 삶이라는 것을 자신 있게 말할 수 있다.

조깅, 재즈댄스, 사교댄스, 어느 것도 오래가지 않았다

내가 40대에 행동으로 옮긴 다른 한 가지는 사생활 면에서 자

신의 시간을 어떻게 보낼 것인가, 하는 부분이었다.

글을 쓰는 일은 아무래도 운동부족이 되기 쉽다. 발산할 곳이 없다. 그렇기 때문에 몸을 쓰는 일을 하겠다고 결심했다. 그것도 편한 것이 아니라, 힘든 것, 보람 있는 일을 말이다. 내가 옛날에 했던 아나운서 일은 머리를 쓰는 것과는 거리가 먼 육체노동이다. 일이 끝나면 그때마다 끝났다는 해방감에 젖곤 했다. 글을 쓰는 일은 그렇지 않다.

그래, 그렇다면 몸을 쓸 수 있는 즐거운 것으로 질리지 않는 것을 해보자. 싫어하는 일은 시작해도 효과를 얻기 어렵고, 자신이 없는 것은 힘만 들뿐 계속하기 어렵다. '좋아하는 일을 하면 실력이 는다'는 말이 있는 것처럼 좋아하는 것을 해보자.

솔직히 나는 어렸을 때부터 몸이 약해서 2년 동안 학교에도 가지 못하고 누워 있었기 때문에 운동을 잘 하지 못했다. 그 후에도 체육시간에는 대부분 구경만 했을 뿐이고 운동을 하지 않았기 때문에 점차 자신감도 잃었다.

구기 같은 단체경기는 특히 못했고, 그 가운데서도 좋아했던 것이 달리기와 무용이다. 달리기 중에서도 장거리 쪽을 좋아하고 지금도 산책이나 오랫동안 걷기를 좋아하는 것은 그때의 영향일 것이다.

한때 조깅도 해보았지만 천성이 게으른 탓에 한눈을 팔기 일쑤였다. 달리기 하나에 전념하는 것이 생각대로 잘 되지 않아서 마침내는 만보기를 가지고 집안에서 달려본 적도 있다. 하지만 단지 의무감만 가지고는 계속할 수 없었다.

결국 조깅도 계속하지 못하고 무용을 생각했다. 우선 많은 사람들이 배우는 재즈댄스를 시작해보았지만 피곤하기만 할 뿐이었다. 다음으로 사교댄스를 배웠다. 하지만 그것도 다른 사람과 함께 하는 것에 적응하지 못하고 그만두고 말았다.

그런 뒤 문득 떠오른 것이 발레였다.

누가 뭐래도 좋아하는 일이면 계속할 수 있다

발레! 발레는 내가 어렸을 때 배우고 싶었던 것 가운데 하나였다. 고등학교시절 무용부에서 흉내를 내거나 발레교실에 한두 차례 다녔지만 수험기간과 겹쳐서 계속할 수 없었다.

그래, 발레를 해보자. 지금부터라도 늦지 않았다. 그렇게나마 생각난 것이 기회일지도 모른다고 생각하고 있던 참에 아는 사람의 소개로 발레연습실을 찾아갔다.

연습실은 집에서 가까운 거리에 있는 작은 공간이었다. 가보니 아니나 다를까 내가 최고령이었다. 그때 내 나이는 마흔여덟 살이었다. 친구들은 '미쳤니?' '창피하지도 않아?' 하고 말했지만 나는 좋아하는 일을 한다는 것은 창피하게 생각할 일이 아니라고 생각한다.

내가 발레를 시작한 뒤로 신문이나 잡지, 방송국에서 나를 취재하기 위해 찾아왔고, 기사가 나간 뒤 같은 연배의 주부들은 자신들도 용기를 얻었다고 말해주었다. 얼마 전에는 『프라이데이』에서 사진을 찍고 싶다고 연락이 왔지만 그것만큼은 정중하게 거절했다.

'좋아하는 일을 하면 실력이 는다'는 말처럼 1년이 지나자 레슨을 따라갈 수 있었다. 선명한 핑크빛 레오타드(신축성이 있는 옷감으로 만들어져 몸에 딱 달라붙는 발레연습복-옮긴이)로 몸을 감싸고 연습에 열중하는 동안 힘들던 발레가 즐거워지기 시작했고 어렸을 적부터 동경해온 토슈즈도 신을 수 있게 되었다.

그리고 마침내 발표회를 가졌다. 아이들과 섞여서 듀엣으로 발레를 한 것이다.

발표회 뒤 욕심이 생겨서 좀 더 큰 연습실로 옮기려고 하던 참에 아는 사람이 소개를 해주어 규모가 큰 발레단으로 옮기게 되었다. 정식단원은 서너 살 즈음부터 훈련을 쌓은 프로가 아니면 안 되지만 내가 나가는 곳은 발레단이 일반인을 대상으로 개방한 발레강좌이다.

예순이 가까운 사람, 옛날에 발레를 한 적이 있다는 사람, 모든 발레 선생님 등 많은 사람들과 섞여서 연습을 하고 있다. 이따금 연습실에서 잊고 놓아두었을 반짇고리를 볼 때면 나도 모르게 가슴이 두근거린다.

나도 언젠가는 백조의 호수를 추어보고 싶다. 꿈은 누구나 가질 수 있는 것이다. 지금의 나이로는 프로가 될 수도 없고 누가 시켜주지도 않을 것이다. 하지만 지금 나는 예전에 내가 좋아했던 일을 하고 있다. 소녀시절의 꿈에 조금이라도 가까이 다가갈 수 있다. 그것이 나를 젊게 한다.

발레를 해보고 깨달은 것이 있다. 이 나이에도 내 몸은 변화하고 있다는 것이다. 자세가 좋아지고 굽었던 등도 펴졌다. 옛날 친구들은 나를 보고 키가 자랐다며 놀라곤 한다.

나는 발레를 배우기 전까지는 자동차를 이용하는 일이 많았지만 이제는 전철을 타고 계단을 오르내리고, 얇은 구두를 신고 잰걸음으로 걷는다. 마른 편이어서 가슴이 많이 패인 옷은 피해왔지만 이젠 입을 수 있다.

몸은 원래 유연한 편이었지만 누구나 하면 되는 것이다. 나는 지금도 음악의 리듬을 타고 나 자신을 표현할 수 있는 기술을 익히기 위해 열심히 배우고 있다.

내가 해보고 싶은 또 다른 일

내가 꼭 해보고 싶은 것이 또 하나 있다. 그것은 노래다. 오페라 아리아를 부르고 싶다는 터무니없는 꿈을 품고 있다.

그것은 어렸을 때 오페라 가수가 되고 싶었기 때문이다. 지금도 가요는 물론이고 오페라까지 노래라면 무엇이든 좋다.

솔직히 말하면 중학교시절에는 감기에 걸린 목소리로 미소라 히바리(한국인 2세로 일본의 국민적인 대중가수. 1946년 9살에 가수로 데뷔하여 많은 히트곡을 냈을 뿐 아니라 영화와 드라마에 출연하는 등 만능 엔터테이너로 활약, 일본국민의 많은 사랑을 받았으며 1989년 52세의 나이로 세상을 떠났다-옮긴이)의 노래를 마음껏 부른 뒤 목소리가 완전히 잠겨서 일주일 동안 목소리가 나오지 않았던 일도 있다.

고등학교에 들어간 뒤에는 음악부에 들어가 남몰래 음악가가 되고 싶다는 바람도 가졌었다. 음대에 가고 싶다……. 입시를 앞두고 공부는 뒷전으로 밀어둔 채 노래를 배우러 다녔었다.

선생님의 지도로 코뤼붕겐(독일의 프란츠 뷜너가 1867년에 편찬한 3권의 합창교본-옮긴이)과 콩코네(이탈리아의 작곡가이며 교육자-옮긴이) 등을 비롯해서 기초부터 배웠다. 그곳을 찾아오는 사람은 모두 음대 성악과 지망생뿐이었다. 남학생과 함께 이중창을 불렀던 일은 지금도 그리운 추억 가운데 하나이다. 5월의 녹음이 짙은 창 안쪽에서는 우시야 선생님의 피아노에 맞추어서 모차르트의 '돈조반니'를 비롯해서 '그 손을 내게 허락해주오'나 '편지의 노래' 등을 불렀다. 그때는 정말 즐거웠다.

그 당시 문화를 대표하는 것은 오페라와 발레였다. 문화에 눈길을 돌릴 여유가 생기기 시작한 것은 전후 10년 즈음으로 불붙듯 붐이 일었다.

나는 용돈을 털어서 부지런히 여러 공연을 보러 다녔는데 공연을 본 뒤에는 흉내를 내곤 했다.

'카르멘'을 본 뒤에는 정열적인 카르멘이 된 듯 거울 앞에서 장미꽃을 물었고, 어떤 때는 가련한 미카엘라가 되었다. 내가 본 공연은 춘희, 나비부인 등 많았지만 그 중에서 특히 좋아했던 것은 '라보엠'의 미미 역이었다.

하지만 현실은 생각만큼 녹녹하지 않았다. 40킬로그램이 채 안되는 체중으로는 좋은 소리를 기대하기 어려웠고 악기를 배우지 않았다는 핸디캡도 있었다. 입시를 앞두고 나는 좌절하고 말았다.

마침내 나는 자신의 가망 없는 재능을 단념하고 포기해야 했다. 그리고 시험도 치러보지 않고 일반대학에 응시하기로 결심했다. 하지만 마음속에서는 포기해야 한다는 아쉬움이 컸다. 그랬기 때문에 대학에 들어가서도 샹송에 푹 빠져서 한때 샹송가수에게 레슨을 받은 적도 있다. 젊은 시절 헤어진 연인도 음악가였고 음악에 대한 동경은 나를 음악과 연결시키곤 했다.

무엇을 시작할까 고민될 때

쉰 살의 문턱에서 노래를 부르고 싶다는 생각이 다시 한 번 새록새록 피어올랐다.

하지만 내겐 한꺼번에 여러 가지 일을 할 시간적인 여유가 없다. 그래서 순서를 정했다. 우선 몸을 쓰는 발레를 시작하자. 그쪽이 어려워 보이니까. 노래는 지금까지 몇 번이나 배워본 경험이 있기 때문에 따라 갈 수 있을 것 같았다. 노래 정도면 쉰 살을 넘은 뒤에 시작해도 따라갈 수 있다는 생각이 들었다.

그래서 요즘은 노래를 시작하려고 선생님을 찾고 있다. 오페라를 배우게 되면 춘희의 '아, 그이인가?'에 도전할 수 있을지도 모르겠다.

이처럼 꿈은 부풀어 오른다. 나이를 먹었다고 늦은 것이 아니다. 하지만 몸이 아직 움직이고 목소리가 나오는 동안에 시작해보자.

그런 나를 보고 친구들은 말한다.

"넌 하고 싶은 것이 있어서 좋겠다. 난 무엇을 해야 좋을지 모르겠어."

그렇게 말하는 사람에게 난 반드시 이렇게 말한다.

"그렇지 않아. 누구나 좋아하는 일이 있어. 단지 잊고 있을 뿐이지."

육아와 살림살이 등 현실적인 삶에 매여 살면서 그 동안 잊고 지낸 것뿐이다.

그러니까 그것을 다시 생각해내면 된다. 힌트는 중학교와 고등학교 시절로 돌아가는 것이다. 중학교와 고등학교 시절은 가장 감수성이 강한 때이기 때문에 이것저것 하고 싶었던 것이 있었을 것이다. 자신 있는 것이 있었을 것이다. 그것이 무엇이었는지 찾아서 시작하면 된다. 내가 발레와 오페라를 시작하게 된 것도 그 시절로 돌아가서 생각했기 때문이다.

소년소녀 시절의 추억을 되살려보자. 시간이 생기면 적극적으로 추억을 떠올려보자. 남자들 중에는 나비나 열차, 비행기 등을 좋아했던 어린 시절의 관심을 지금까지도 지속시켜가는 사람들이 있다. 그것은 낭만이고 멋진 일이다. 여자도 현실에서 잊혀진 것을 생각해내면 된다. 그리고 즐거운 마음으로 직접 도전해보자. 좋아하는 일을 하다보면 정년 후에는 그것이 일이 되는 멋진 예도 있다.

몸과 마음의 갱년기는 이렇게 극복하자

'소인은 틈만 생기면 갱년기장애를 겪는다'!?

갱년기는 사춘기와 함께 여성의 일생에서 커다란 변화로 알려져 있다.

몸도 마음도 최전성기를 지나 새로운 변화를 맞고 다른 환경에 놓이게 된다. 의학적으로는 분명히 그런 시기이지만 갱년기를 지나치게 의식하는 것은 좋지 않다.

우선 '갱년기'라는 말이 도무지 마음에 들지 않는다. 게다가 '장애'라는 말이 붙으면 그 이미지는 더욱 어두워진다. 그보다 좀

더 편한 표현은 없을까. 그러면 밝고 즐거운 마음으로 이겨낼 수 있을 것 같다.

갱년기장애를 극복하는 방법은 뭐니 뭐니 해도 갱년기를 신경 쓰지 않는 것이다. 나는 지금 갱년기의 중심에 놓여 있지만 갱년기에 대해 지나치게 예민해지지 않도록 노력하고 있다.

물론 몸 여기저기에서 고장을 알려온다. 어깨와 허리는 물론이고 지병인 편도선이 붓는 횟수도 늘었다. 이따금 현기증도 일어난다. 갑자기 몸에 열이 날 때도 있는데, 한밤중에 땀을 많이 흘려서 두세 차례 속옷과 잠옷을 갈아입을 때도 있다. 불면증이 생기거나 감기가 좀처럼 낫지 않는 등 증세를 말하자면 끝도 없다. 하나하나가 신경 쓰이는 증상들이지만 나는 그런 증상을 모두 묶어서 갱년기장애라고 생각하지 않고 두통은 두통, 감기는 감기로 떼어서 생각한다.

증상 하나하나의 원인을 밝히고 그 증상을 개선시키기 위한 치료를 한다. 갱년기장애라는 말에 마음이 약해지지 않도록, 도망치지 않도록 요컨대 갱년기라는 말을 머릿속에서 쫓아내는 노력을 하고 있다.

솔직히 애를 쓴다기보다는 바쁜 일과 때문에 갱년기를 느긋하게 고민할 틈이 없다. 꼬리를 물고 이어지는 일을 하나하나 마무리하는 데 쫓기기 때문에 감상에 젖어있을 틈이 없다.

일하는 여성에게 갱년기장애가 적은 것은 그런 생각에 젖어들 틈이 없고, 하루하루 쫓기듯 생활하고 있기 때문이다.

'소인은 틈만 생기면 선하지 못한 일을 한다.'

라는 속담도 있지만 틈이 생기면 제대로 되는 일이 없다. 여가를 현명하게 자신의 시간으로 만드는 사람이라면 대인이라고 불러야겠지만, 보통사람은 여간해선 대인이 되기 어렵다.

그렇다면 최소한 그런 틈을 없애야 한다. 자신의 생활을 스스로 연출하고 자신이 해야 할 일을 찾아서 틈이라고 생각하는 시간을 없애야 한다. 그것이 갱년기를 이겨내는 요령이다.

앞에서 일을 하는 여성은 갱년기를 겪는 일이 적다고 했지만, 그들의 증상이 가볍다고 말하는 것이 아니다. 단지 갱년기를 신경 쓸 틈이 없을 뿐이다. 자신을 어르고 달래는 사이 갱년기는 슬며시 지나간다.

갱년기라고 마음이 약해지면 마음이 옹색해진다

가정에 있는 주부에게도 집안일이라는 일이 있다. 집안일 이외에도 파트타임이나 봉사활동을 하는 사람도 있을 것이고 자녀와 관계된 학부형들의 모임에 참가하는 경우도 있다. 그렇게 생각하면 전업주부라도 외부와의 접촉이 상당한 부분을 차지한다. 하지만 전업주부의 경우에는 풀타임으로 근무하는 직장인과 달리 시간적인 자유가 있다. 기분이 좀 처진다고 해서 기분에 내맡기면 '갱년기' 속으로 빠지고 만다.

나도 프리랜서여서 마음만 먹는다면 얼마든지 일을 거절하고 게으름을 부릴 수도 있다. 하지만 틈이 나지 않도록 매일 스케줄을 빡빡하게 짠다. 그러면 틈이 생길 여지가 없다.

전업주부도 봉사활동을 하거나 문화센터에서 무엇인가를 배워보면 어떨까? 무엇이든 좋다. 스케줄을 빡빡하게 짜서 자신을 스케줄에 묶어두면 된다. 그러면 우울해질 틈이 없다.

내가 예전에 다니던 체조교실에는 체조교실을 매일 찾는 주부가 몇 있었다. 나처럼 가고 싶어도 갈 시간이 없는 사람의 입장에서 보면 부러울 따름이다. 그것도 어쩌면 그들이 자신들에게 과한 스케줄일지도 모른다.

하지만 매일 오후 시간의 대부분을 사우나와 체조로 보내는 것은 시간을 주체하지 못하는 것처럼 보였다. 매일 계속하다보면 일종의 중독증세 때문에 하루라도 거르면 기분이 개운하지 않을지도 모르겠다. 체조교실에 가면 친구도 있고 수다를 떨거나 정보교환도 할 수 있다. 그런 의미에서는 혼자 집에 틀어박혀있는 것보다는 훨씬 낫다.

하지만 매일 사우나와 체조만 한다면 차츰 지겨워지지 않을까?

그림그리기를 좋아한다면 그림을 그리고, 도자기를 좋아한다면 도자기를 만들어보는 것은 어떨까? 그것도 그 일을 자신의 직업으로 삼을 정도의 의욕을 가지고 자발적으로 해볼 것을 권한다. '취미'라는 변명으로 적당히 시간을 보내선 안 된다.

더군다나 40대를 지나면 갑자기 세월의 흐름이 빨라진다. 날이 갈수록 가속도가 붙어 1년, 2년이 눈 깜짝할 사이에 흘러간다.

갱년기라고 마음이 약해져서 아무것도 하지 않으면 그 기간에 흘러간 세월은 되돌릴 수 없다. 게다가 마음이 옹색해지고 가능성까지 잃고 만다.

철야와 술, 내 몸의 바로미터

지금까지 갱년기에 약해지지 말라고 썼지만 그렇다고 해서 몸의 변화를 무시해선 안 된다. 자신의 마음에 귀를 기울이는 것과 마찬가지로 자신의 몸이 보내는 신호를 스스로 체크해야 한다.

팔이 올라가지 않거나 허리가 아프고 현기증이 나는 것은 모두 경고다. 이제 더 이상 무리를 해선 안 된다는 신호라고 생각하면 된다.

젊을 때와 마찬가지로 무리를 하는 것은 좋지 않다. 나도 젊었을 때만 해도 하루쯤 밤을 새워 일하거나 소란을 피우면서 새벽까지 놀아도 아무렇지도 않았다. 하지만 이제는 몸이 말을 듣지 않는다. 하룻밤을 새면 하루 쉬는 것으로는 부족하고 그 피로가 3일 정도는 간다. 몸이 그런 상태라면 밤을 새지 않는 것이 현명하다. 그렇기 때문에 지금은 아예 밤을 새는 일은 하지 않으려고 노력중이다.

술도 젊었을 때는 이무기라는 별명을 얻을 정도로 강했지만, 그때와 비교가 안 될 정도로 약해졌다. 마시고 싶은 생각조차 들지 않는다. 기분 좋게 마신 날도 다음날은 어김없이 숙취로 고생하기 때문이다. 그런 것을 생각하면 마시지 말아야겠다는 생각이 들 정도다. 젊었을 때는 과음한 다음날 오후 3시만 지나면 안개가 걷히듯 정신이 맑아졌다. 하지만 요즘은 시간이 아무리 지나도 장마철에 구름이 잔뜩 낀 것처럼 좀처럼 개운해지지 않는다.

철야와 술, 이 두 가지는 나의 건강을 체크하는 바로미터다. 철야와 술에 약해졌다는 것은 몸이 그만큼 약해졌다는 증거이다.

몸이 좋지 않을 때는 몸 상태를 거스르지 말고 자기관리를 해야 한다.

우선 수면에 대해서 말하면 나는 하루에 8시간을 자지 않으면 제대로 활동하지 못한다. 그래서 잠을 못 잔 경우에는 비행기나 열차 안에서 어떻게든 눈을 감고 잠을 자려고 노력한다. 조금이라도 여유가 있으면 눕는다.

내가 건강에 신경을 쓰는 것은 어렸을 때 몸이 약해서 2년이나 누워 지냈기 때문이다. 나는 두 번 다시 그렇게 되고 싶지 않다. 그래서 평소에 과로하지 않도록 신경을 쓴다. 어쩔 수 없이 무리를 한 경우에는 어떻게든 피로를 풀기 위해 노력한다. 그렇게 해서 지금까지 큰 병을 앓지 않고 지나왔다.

건강을 과신하는 사람이 가장 위험하다

'한 가지 병이 건강을 지킨다'는 말이 있지만, 어디든 좋지 않은 곳이 한 군데 있으면 건강관리에 신경을 쓰게 된다. 그렇게 생각하면 건강을 자신하는 사람이 가장 위험하다.

내 친구 중에 병치레 한 번 하지 않은 건강한 친구가 있다. 빡빡한 스케줄로 대부분의 인생을 일만 하며 살아온 그 친구는 40대 후반에 지주막하뇌출혈로 쓰러졌다. 위독했던 순간도 있었지만 수술하고 40일 후에 기적적으로 혼수상태에서 깨어났다.

우리 어머니는 몸이 건강한 편이어서 고생을 고생으로 생각하지 않고 내가 어떤 고민을 안겨드리더라도 밝게 이겨내던 분이셨다. 하지만 어머니는 50대에 한 차례 심장발작을 겪은 뒤로 60대 후반에는 오랫동안 입원을 해야 했다. 어머니가 여든한 살에 돌아가신 사인은 가벼운 뇌경색으로 입원 중에 심장이 갑자기 멈

춘 것이다.

젊은 시절부터 무리를 해왔던 탓이다. 평소에 두통이나 어깨 결림을 모르고 사셨는데 한 번 쓰러진 뒤로는 고혈압과 심장, 당뇨 등 거의 온몸이 약해진 상태로 기력만으로 버티셨다.

최근에 나의 후배(이제 막 40대 중반이지만)는 간에 이상증세가 있다는 사실을 알았다. 결혼한 뒤에도 일을 계속해온 그는 일과 육아, 집안일을 모두 소화하기 위해 하루에 4시간 정도밖에 잘 수 없었다고 했다. 곁에서 보기에는 건강한 듯 보였고 스스로도 건강에 대해서만큼은 자신했다. 그러나 갑자기 전과 달리 몸이 나른해서 검사를 받아보니 간의 이상을 알리는 수치가 높았다고 한다.

스트레스에 강해지는 체인지 오브 페이스

체력은 사람마다 차이가 있지만 자신의 체력을 과신하고 무리하는 것은 생각해볼 일이다. 자신의 몸을 잘 체크하고 피곤하면 쉬는 것이 좋다. 틈을 없애는 것이 아무리 중요하다고 해도 몸에 무리를 주는 일은 하지 않는 것이 좋다. 돌이킬 수 없을 정도로 악화되기 전에 치료를 받는 것이 좋다.

한마디로 하면, '체인지 오브 페이스'를 몸에 익혀야 한다. 조금이라도 마음을 편하게 해서 기분을 바꿔보자. 산책을 하거나 소파에서 낮잠을 자고 창밖을 내다보는 것도 좋은 방법이다. 책을 읽는 것도 좋다.

자신의 기분이나 몸을 살피면서 하루에 다양한 변화를 주자. 마음이 내키지 않을 때는 무리하지 않는 것이 좋다. 의욕이 생기지 않는 것은 무엇인가 이유가 있는 것이다.

내가 몸이 약하면서도 지금까지 건강하게 살아올 수 있었던 이유는 아마도 체인지 오브 페이스가 가능했기 때문일 것이다. 나는 일이 끝나면 마음을 편하게 갖고, 책을 한 권 읽고 나면 여행을 떠난다. 그런 생활을 오랫동안 계속해왔다.

또 하나는 우등생이 되려고 지나치게 애쓰지 말아야 한다. 이것도 저것도 완벽하게 하겠다고 생각하지 않는 것이다. 중요한 일을 한 가지 했다면 그 다음에는 마음을 편하게 하고 긴장을 풀어주고, 몸이 피곤하다면 신경이 쓰이더라도 청소는 하루쯤 쉬자. 먼지 때문에 죽는 일은 없으니까.

이런 마음의 갱년기장애도 있다

갱년기는 몸의 변화뿐 아니라 마음에도 큰 영향을 미친다. 이 시기는 인생의 변화를 맞는 시기이기 때문에 다양한 사건이나 일을 겪는다.

우선 남편들은 마흔 살부터 쉰 살에 걸쳐서 가장 높은 지위로 승진하고 그만큼 책임이 무거워지기 때문에 생활자체가 회사중심이 되어 아내를 돌아볼 여유가 없다. 아내는 그런 남편에 대한 불만을 쏟아놓을 출구를 찾지 못한 채 혼자 고민하다가 마침내는 알코올중독에 빠지는 경우도 많다.

한편 자녀들은 고등학교에서 대학교로 진학하고 부모로부터 완전히 독립해서 친구들과의 세계를 넓혀간다. 바로 전까지 손 안에 있던 진주가 굴러 떨어져서 다시 돌아오지 않는 서운함과 비교할 수 있을까. 게다가 자녀가 결혼을 하고나면 부모와의 거리는 더욱 멀어진다. 자녀를 유일한 보람으로 생각하면서 산 어머니의 입장에서는 충격이 클 것이다. 정신이 들어보면 곁에는 자식도 떠나고 남편도 떠나 자기 혼자뿐이다. 자녀와 남편은 모두 자신의 세계를 갖고 있다.

게다가 자신의 부모, 또는 남편의 부모가 고령이기 때문에 갱년기를 맞는 주부들은 부모의 노후 문제까지도 떠안게 된다. 이른바 노인문제. 자신은 이제야 그 초입에 서 있는 상태지만 부모는 확실히 나이가 들었다. 40대 여성의 부모라고 하면 대개가 70대 이상으로 아무리 젊더라도 60대 정도다.

내 주변의 동년배는 모두 최근 몇 년 사이에 아버지나 혹은 어머니의 죽음을 맞았다. 나도 어머니가 돌아가셨을 때 장녀인 내가 상주를 맡아야했기 때문에 장례식과 관련된 모든 것을 혼자 처리해야 했다. 갑자기 입원한 어머니는 처음 며칠은 건강했지만 갑자기 의식을 잃고 나흘 만에 돌아가셨다. 그만큼 경황없이 하루하루가 지나갔고 때마침 걸린 감기 때문에 나는 무척 힘든 시기를 보내야 했다. 하지만 잘 버텼다는 생각이 든다.

남편과 자녀의 부재를 느끼는 가운데서 부모의 죽음을 맞아야 하는 40대 여성들은 외톨이라는 생각에 더욱 깊은 외로움에 빠져들고 엄습해오는 외로움에 몸을 내맡긴다. 그런 기분을 어떻게 하면 떨쳐버릴 수 있을까.

갑자기 늙는 사람은 '감동'을 잃은 사람이다

비단 부모의 죽음이 아니더라도 병이나 치매와 간병은 주부의 손에 맡겨지는 경우가 많다. 자신의 갱년기와 여러 사건이 겹쳐서 문제가 첩첩이 쌓인다.

하지만 마음을 밝고 즐겁게 갖도록 노력하지 않으면 안 된다.

우선 호기심을 잃지 않도록 해야 한다. 세상의 변화와 젊은 사람들의 생각에도 관심을 가져보자. 젊은 사람이 하는 일이나 생각을 무시하기보다 어째서 자신의 딸이나 아들이 이런 것에 흥미를 갖는가를 생각해보자. 가능하다면 직접 참가해보는 것도 좋다. 디스코텍을 들어가 보는 것도 좋고, 젊은 사람이 좋아하는 영화를 보는 것도 좋고, 유행하는 옷을 입어보는 것도 좋다.

나이나 환경의 틀에 자신을 고정시키려고 하지 말고, 무엇이든 신선한 감수성을 가지고 대해보자. 서향(팥꽃나무과의 상록관엽-옮긴이)의 꽃향기를 따라 발길을 옮기고 길가의 화초도 눈여겨보자. 무엇이든 좋지만 마음을 편하게 가질 수 있는 시간을 갖는 것이 젊어지는 비결이다.

'나는 몇 살이니까……' '아이가 대학생이니까……' '남편이 회사의 부장이니까……' '옆집 여자가 말이 많으니까……'라는 이유로 자신의 행동을 얽어매지 말자. 상식적으로 행동하는 것은 그만큼 그 사람을 늙게 한다. 자신의 내부에서 우러나오는 감동을 존중하고 호기심을 잃지 않도록 해야 한다. 그것이 갱년기를 지혜롭게 이겨내는 비결이다.

갱년기에 호기심을 잃고 늙어갈 것인가, 오히려 전보다 더 반짝거리는 눈빛을 하고 감수성을 키울 것인가? 당신의 선택에 따라 노후의 인생은 크게 달라진다. 그런 의미에서 보면 갱년기는 노후를 어떻게 살아갈 것인가를 결정짓는 기로라고 말할 수 있다.

나는 나이를 먹을수록 이상하게도 둥글게 되고 싶지 않다.

흔히 말하는 칭찬 가운데 '요즘 저 사람도 많이 둥글둥글해졌다'라는 말이 있다. 하지만 생각이나 삶이 둥글해졌다는 것은 상식적이고 보수적이 되었다는 말과 같다. 나이를 먹으면 반발할 에너지도 없고 자신의 의견을 내세울 일도 없다. 나는 그런 노인은 되고 싶지 않다.

나는 언제나 내 나름의 의견과 감수성을 가지고 싫은 것은 싫다고 말하고 이상한 것은 이상하다고 말하고, 의문이 생기는 것은 의문을 갖고 그것과 부딪히면서 살고 싶다. 결코 '둥글게'는 되고 싶지 않다.

내 코로 냄새를 맡고 끊임없이 호기심의 촉각을 세우며 살고 싶다. 그러면 갱년기에 일어나는 다양한 일에도 지지 않고 다시 일어설 수 있다.

또한 사람을 소중하게 여기자. 자신에게 진정한 의미로 마음을 열고 대화할 수 있는 친구를 소중히 하자. 마음을 열면 갱년기를 이겨낼 수 있다.

어머니의 죽음을 맞았을 때도 나는 그런 사람들의 도움으로 버틸 수 있었다.

chapter 2

서로의 자립을 인정하는
가족의 의미와 삶

40대부터 시작하는 새로운 가정 만들기

서로의 개성을 인정해주는 가족이 멋지다

'시집의 가족묘지에 묻히기 싫다'고 말하는 아내들의 심리

얼마 전 흥미로운 이야기를 들었다. 요즘 주부들 사이에서 '내가 죽으면 친정의 묘지에 묻히고 싶다'고 말하는 사람이 늘었다는 것이다.

죽어서까지 남편과 함께 있고 싶지 않다는 것이다. 남편이나 시부모, 자신과 아무런 관계없는 조상과 같은 묘에 묻히기보다 자신을 낳아준 아버지, 어머니와 함께 있고 싶다는 바람이라고 한다. 그것은 이 세상에서 남편과의 삶이 결코 즐겁지 않다, 참을 만큼 참았다는 이야기일 것이다.

만약 다시 태어난다면 지금의 남편과 결혼하고 싶은가, 라는 질문에 대부분의 여성이 '하고 싶지 않다'고 대답했다. 그것과 같은 심리다.

나도 만약 죽는다면 남편 집안의 묘에는 들어가고 싶지 않다. 나의 친정 부모의 묘가 좋다고 생각한다. 그렇다고 남편에게 불만이 있는 것은 아니다. 우리 부부는 굳이 구분하자면 '남편과 아내'로서의 삶은 제로이고 두 사람의 두 가지 삶이 평행상태로 존재한다. 하지만 그런 생활을 하고 있어도 그렇게 생각할 정도이니 대부분의 주부가 남편과 같은 묘는 싫다고 말하는 것은 당연한지도 모른다.

이 말은 바꾸어 생각하면 집의 의식이 사라지고 있음을 의미한다. 과거에는 결혼한다는 것은 여자의 입장에서는 상대편의 집안에 들어가는 것이었다. 남편이라는 남자와 사는 것이 아니라 집안의 일원이 되는 것을 의미했다. 요즘도 결혼식에서 '가문'을 내세우는 것은 그 잔재라고 말할 수 있다. 따라서 여자는 죽으면 시집간 집안의 묘지에 묻히는 것이 당연했다.

하지만 요즘은 남편이 될 남자와 결혼하는 것이지, 남자의 집안에 시집을 가는 것이 아니다. 그 가문의 일원이라는 의식이 옅어졌다. 그렇기 때문에 친근감이 없는 묘에는 들어가고 싶지 않은 것이다.

요컨대 집에 대한 생각이 붕괴되고 있는 것이다. 그 대신 대두한 것이 개인이다. 나라는 개인을 중심으로 생각하면 내가 들어가고 싶은 묘가 있고, 그때 함께 하고 싶은 사람을 선택하고 싶은 것이다.

나는 그것도 나름대로 괜찮은 생각이라고 생각한다. 지금의 헌법에서는 일부일처가 인정되고 있고 결혼은 집안에 들어가는 것이 아니니 말이다. 당연한 일이지만 결혼하면 젊은 부부의 호적은 남편 부모의 호적에서 분리된다.

가족관이 바뀌고 있다

남편 집안의 묘지에 들어가기보다 자신을 낳아준 아버지와 어머니와 같은 묘에 들어가고 싶다는 것은 자신의 성과 타고난 성품은 아버지와 어머니와 같고 남편과는 같지 않다, 즉 자신은 자신이 태어난 집과 끊으려고 해도 끊을 수 없는 관계라는 것을 의미한다.

지금 우리는 가족제도가 붕괴되고 개인중심사회로 변화되어가고 있다. 현실의 변화가 빠르고, '집'을 존중하는 생각도 변화되고 있다. 그런 변화는 더욱 가속화될 것이다.

가족을 가문이라는 하나의 단위로 바라보고 그 속의 개개인을 아버지, 어머니, 자녀라는 역할로 생각할 것인가, 그렇지 않으면 가족을 개인의 집합체로 이해할 것인가? 현실은 원하든 원하지 않든 가족은 개인의 집합체 쪽으로 향하고 있는 것은 부정할 수 없다. 그 가운데서 자신의 가족 안에서의 위치를 어떻게 이해해야 할까? 그것은 여자들의 앞으로의 인생과 많은 관계가 있을 것이다.

가족동반이 아름답게 보이지 않는 이유

휴일에 텔레비전에서 빠짐없이 등장하는 것이 한 가족이 함께 시간을 보내는 풍경이다. 동물원, 유원지, 최근 여기저기에서 열리는 박람회 등…… 그곳에서는 가족을 동반한 많은 가족을 볼 수 있다.

평화로운 풍경임에는 틀림없지만, 그것을 볼 때마다 왠지 긴장감이 결여된 듯 보이는 것은 나 혼자 생각일까. 특히 아버지와 어머니와 자녀가 한 자리에 있는 경우에는 그냥 보고 넘길 수 없다. 서로에게 편한 가족의 모습으로 다른 사람은 안중에도 없고 주의를 기울이지도 않는다. 그렇기 때문에 가족동반은 아름답지 않고, 왠지 느슨하게 풀린 듯 보인다.

왜 가족동반은 아름답지 않은 것일까? 그것은 삼각형 관계를 충족하고 있기 때문이라고 나는 생각한다. 남편·아내·자녀의 균형이 맞는 삼각형 관계에 모두가 만족하고 있어서 서로가 서로를 바라보는 긴장감이 결여되어 있다.

만약 가족이 함께 외출하는 일이 있다면 다른 사람의 눈으로 자신들을 한 번 바라보길 권한다. 가족의 눈이 아닌 다른 사람의 눈으로 보았을 때 과연 자신들 가족의 행동은 긴장감이 느껴지는가, 아니면 긴장감이 풀려 있는가?

가족은 가족 간에는 편안한 존재이지만 밖으로 나갔을 경우에는 그런 편안함이 오히려 다른 사람에게 추하게 보이는 경우가 있다.

예를 들어 전철을 탄 경우를 생각해보자. 전철 안으로 뛰어든 아이가 다른 사람이 앉을 자리까지 차지하고, '엄마! 빨리!……'라고 소리치는 것은 곁에서 보기에 기분 좋은 장면이 아니다. 또한 빈 음료수 통이나 과자봉지를 아무렇지도 않게 버려두거나 주변에 던져버린다. 요컨대 자신의 가족만 좋으면 다른 사람이 불쾌감을 느껴도 상관없다는 가족이기주의가 만연하다.

그런가 하면 어머니와 자녀가 외출하는 경우에는 긴장감과 함께 외부에 대해 신경 쓰는 모습이 느껴진다. 아버지와 자녀의 경우에는 평소에 함께 지내는 일이 적기 때문에 부모도 자녀도 모두 더 긴장한다. 부모는 부모대로 아이는 아이대로 서로에 대해 신경을 쓴다.

남편과 아내도 두 사람만 있으면 서로를 바라본다. 평소에 보아온 아이의 아버지, 어머니의 얼굴에서 남편과 아내, 남자와 여자의 얼굴을 되찾는다. 이따금 그런 얼굴을 찾는 것이 좋다. 언제나 가족 속에서 아버지, 어머니, 자녀의 역할로 지내다 보면 그 얼굴밖에 가지지 못하고 개인의 얼굴, 즉 남자로서, 여자로서의 얼굴이 사라진다. 그것은 안타까운 일이다.

시큰둥한 '주부의 얼굴' '어머니의 얼굴'뿐인 사람

40대는 남자의, 그리고 여자의 얼굴을 되찾는 시기이기도 하다. 여자로서의 자신으로 지내려고 해도 육아에 매달릴 때는 시간적으로 여유가 없고 보이는 것은 어머니로서의 모습뿐이다. 40대가 되면 자녀도 자신만의 시간을 갖기 시작하고, 자신의 세계에서 친구들과 지내는 쪽을 좋아한다. 부모를 떠나는 시기인 것이다. 그 시기에 남편과 아내는 남자와 여자의 얼굴을 되찾는다.

흔히 '남자의 얼굴은 이력서'라고 말하지만 여자의 얼굴도 마찬가지로 이력서다. 남자의 얼굴에는 사회적인 지위와 경력이 나타나지만 여자의 경우에는 그 사람의 삶과 생각이 여실히 드러난다.

몇 번이고 말하지만 자신의 얼굴을 없애고 주부의 얼굴, 어머니의 얼굴로 지낸 시기를 지나 자신의 얼굴을 되찾는 것이 40대다. 자신의 얼굴을 되찾기 위해서는 자녀를 떠날 필요가 있다. 가정 속의 어머니의 역할분담에서 빠져나오는 것이 필요하다.

자녀로부터 빨리 떠나지 않으면 위험하다

자녀가 부모의 품에서 떠나는 시기는 빨리 찾아온다. 지인 중에 한 사람은 '무릎이 허전하다'고 말한 적이 있다. 바로 얼마 전까지도 무릎 위에서 응석을 부리던 아이가 성장해서 품을 떠나면 무릎에 올라앉는 일은 더 이상 없다. 남겨진 부모는 허전함과 안타까움을 느낄 것이다.

40대는 부모와 자녀라는 삼각형 관계에서 일대일의 관계로 돌아가는 시기라고 생각해도 좋다. 부모와 자녀, 남편과 아내, 일대일의 관계로 원하든 원하지 않든 변화된다.

자녀는 이미 부모를 떠났는데도 부모가 자녀를 떠나지 못하기 때문에 자녀를 망치는 예가 얼마든지 있다. 요즘은 대학의 입학식이나 졸업식에도 부모가 쫓아다닌다.

부모가 자녀를 떠나야 할 시기에 떠나지 못하면 자녀는 성장하

지 못한다. 언제까지고 부모에게 의지하려고 하기 때문에 홀로서
기를 못하는 것이다.

동물의 경우에는 새끼가 둥지를 떠날 시기가 되면 부모는 매정
하다 싶을 정도로 둥지에서 새끼를 밀어낸다. 그런 모습을 통해서
어른이 되어가는 자녀에게 어떻게 접근할 것인지 배워야 할 것이
다.

'조용한 가족'이 이상적

가족에 대해 생각할 때면 늘 생각나는 말이 있다.

주거에 관한 심포지엄에서 일본에 체재하고 있는 외국인 아내
들에게 살아가는 이야기를 들은 적이 있다. 그 자리에서 스웨덴의
한 주부가 이런 말을 했다.

'내가 이상적으로 생각하는 삶은 식사를 마친 후 거실의 불빛
아래서 각자가 자신의 일을 하는 조용한 가족입니다.'

나는 이 '조용한 가족'이라는 말이 아주 마음에 들었다. 그렇다,
잊고 있었지만 '조용한 가족'이 있었다. 가족이라고 하면 왠지 모
르지만 시끄럽고 함께 수다를 떨거나 웃어대는 모습을 그린다.

일본에서는 이상적인 가족상으로 '밝고 즐거운 가족'이 자리
잡고 있지만 사실은 수다를 떨거나 웃기만 하는 것이 가족은 아

니다. 가만히 있어도 서로를 이해할 수 있는 관계, 각자가 자신의 방에 있으면서 자신이 좋아하는 일을 하는 모습은 어떤가. 남편은 한쪽 구석에서 조용히 책을 읽고, 아내는 뜨개질을 하고, 아이는 장난감을 조립하는 모습. 이처럼 한 사람 한 사람이 독립된 상태로 서로를 인정하고 이해할 수 있는 조용한 가정. 큰 소리로 웃는 것이 아니라 조용하게 미소 짓는 가정은 어떤가? 나는 그런 가정이 있는 것도 좋다고 생각한다. 나는 그때 '조용한 가족'이라는 말에 진한 감동을 느꼈다.

부모의 이기심이 아이의 '개성'을 망친다

조용한 가족이란 개인이 존재하는 가족이라는 말로 바꿀 수 있다. 가족이라는 어떤 단체에 소속되는 것이 아니라 몇 사람의 개인이 모여 하나의 가족을 이룬, 닮았지만 전혀 다른 구성원으로 이루어진 것이다.

가능하다면 나도 가족이라는 단체가 아닌 개인이 조용히 모인 가족의 일원으로 있고 싶다. 하지만 그러기 위해서는 개인을 확립하지 않으면 안 된다. 서로에게 의지하거나 기대기만 하는 것이 아니라 한 사람 한 사람이 자신의 세계를 만들어가지 않으면 안 된다.

가족이라도 남편과 아내는 의견이 다른 것이 당연하다. 또한 자녀도 전혀 다른 의견을 가질 수 있다. 우선 가정 속에서 한 사람 한 사람이 다른 인격이라는 사실을 서로 인정할 때 개성이 만들어진다.

같은 아버지나 어머니에게서 태어난 형제자매라도 한 사람 한 사람 모두 다른 것은 개성이 있다는 증거다. 그 차이를 발전시킨 사람이 개성 있는 사람으로 성장한다.

자녀 한 사람 한 사람의 그런 차이를 발전시켜주는 것이 부모가 해야 할 일이다. 어떤 아이든 다른 아이와 똑같이 만들려고 하거나 남들만큼 가르치는 일만 생각하는 것은 자녀의 개성을 묵살하는 데 지나지 않는다. 부모가 자녀의 개성을 인정하는 것은 단적으로 말하면 보기 좋은 형태로 부모를 떠나고 자녀를 떠나는 것이다. 자녀를 자신의 소유물처럼 생각하거나 자신의 희망대로 교육시키는 것은 부모의 이기심일 뿐이다.

자녀도 한 사람 한 사람 개성이 있다. 부모가 그것을 빨리 찾아주어야 한다. 개인으로 인정하는 것은 곧 어른으로 인정해주는 것이다.

부모들 가운데는 아이를 좋은 학교에 보내기 위해 억지로 공부를 시키고, 취직할 때도 자녀는 하고 싶은 일이 따로 있는데 부모의 생각을 내세워서 큰 회사에 취직시키려고 하는 경우가 있다.

이것은 모두 부모가 자녀를 마음대로 지배하는 예라고 할 수 있다.

아직 미숙하더라도 자녀가 나름대로 생각하는 일을 존중해주자. 인정하는 데서 개성이 키워지고 조용한 가족도 만들어진다.

부모가 자녀를 지배할 수 있다고 생각하고 부모의 힘으로 대기업에 입사시키려고 하면 자녀가 그것에 순응하지 못하는 경우에는 비극이 생긴다. 최근에도 부모가 말하는 회사에 들어갔지만 적응하지 못하고 고민 끝에 자살한 경우가 있다. 그것은 자신의 희망과는 다른 것이었다.

그런 모습이 변하지 않으면 가족은 붕괴된다. 부모는 자살한 자녀의 죽음에 대해 자책하면서 평생 괴로운 마음으로 살아가게 될 것이다. 다른 형제도 부모를 용서할 수 없다고 생각할지도 모른다.

가족은 흔히 사회의 가장 작은 단위라고 말한다. 가족 속에서 개인을 서로가 인정하는 것은 사회 속에서 한 사람 한 사람을 인정하고 자신답게 살기 위한 기초다.

다시 한 번 자신의 가족을 돌아보고 서로를 인정하자. '조용한 가족'은 부모를 떠나고 자녀를 떠날 수 있는 가족의 이상적인 모습이 아닐까.

연로한 부모의 노후에 대해 생각하고 있는가?

40대는 부모의 노후문제가 현실화되는 시기이기도 하다.

40대 주부의 부모라면 대략 일흔 살 전후로 노년기를 맞고 있다. 부모와의 관계를 어떻게 할 것인가. 특히 지금까지 부모와 떨어져 산 경우 새로운 문제가 나타난다. 함께 살 것인가, 지금 상태를 계속 이어갈 것인가. 부모가 두 분 모두 건강한 동안에는 괜찮지만 부모가 한쪽뿐이거나 병을 앓고 있을 때는 많은 생각을 하게 된다.

돌아가신 우리 어머니는 여든한 살까지 혼자 사셨다. 아버지가 돌아가신 뒤 10년 넘는 세월을 혼자 사는 것이 좋다고 하시면서 함께 살자는 내 제안을 번번이 거절하셨다.

아버지가 사시던 집을 신축해서 모시려고 한 적도 있지만 어머니는 그 낡은 집에 추억이 있다고 하시면서 혼자 사시길 바라셨다. 지금이 당신의 생애에서 가장 자유롭다고 하시면서 남편으로부터도 자녀로부터도 해방된 '이 자유를 빼앗지 말아다오.'라고 말씀하셨다.

여자는 나이가 든 뒤에도 집안일을 하기 때문에 몸을 움직인다. 게다가 어머니의 경우에는 한 집안을 지키고 있다는 기개가 살아가는데 큰 버팀목이 되었다. 심장도 좋지 않았고 당뇨도 있었지만 마음을 다잡고 사셨다.

나는 걱정이 되어 매일 밤 10시를 전후해서 어머니에게 전화를 걸어 별탈이 없는지 확인하곤 했다. 어머니에게는 혼자 산다는 생각이 어떤 형태로든 긴장된 상태를 유지하면서 살게 했던 것 같다.

외할머니 역시도 아흔두 살까지 시골에서 혼자 사셨으니 그것을 본받은 것인지도 모르겠다.

어머나 외할머니의 경우에는 혼자 사셨던 것이 열심히 살 수 있었던 바탕이었는지도 모른다.

그렇다고 그런 생각이나 삶이 노인들에게 공통된 것인가 하면 그렇지 않다.

많은 가족에 둘러싸여 함께 살고 싶어 하는 사람도 있고, 스스로 양로원에 들어가려고 생각하는 사람도 있다. 저마다의 성격이나 그 사람이 살아온 환경에 따라서도 또 다르다.

요즘은 부모와 자녀세대가 함께 살거나 따로 사는 것을 자녀들 쪽의 생각이나 형편에 맞추어서 결정하는 경우가 많지만 여생이 얼마 남지 않은 부모의 의향도 가능하면 받아주었으면 싶다.

젊은 사람들 쪽에서 보면 지저분하고 낡은 집으로 보일지 몰라도 그곳에 사는 사람에게는 그곳에 추억이 담겨 있다. 그런 부분도 생각해보아야 할 것이다. 자신이 살아온 역사가 그곳에 있고 게다가 그것이 살아가는 토대라고 한다면 일방적으로 부모로부터 그것을 빼앗는 것은 차마 할 수 없는 일이다.

'동거' '별거'—가장 중요한 것은 본인의 마음

내 친구는 40대부터 시어머니와 동거를 시작했다. 함께 살기 전까지는 고집이 센 시어머니를 모시기가 여간 어렵지 않을 거라고 걱정하면서 불안하다는 말을 자주 했다.

"모신다고 생각하는 게 잘못된 거야. 공동생활이니까 각자가 자신의 생활을 하도록 해봐……."

내가 이렇게 말했던 때문만은 아니겠지만 그 친구는 동거를 시작할 때 시어머니의 방에 작은 취사장을 만들고 그 전까지 해온 각자의 생활을 최소한도로 유지하면서 함께 사는 방법을 찾아갔다. 그것이 원만하게 잘 이루어졌던 모양이다. 처음에는 서로의 눈치를 보기도 했지만 지금은 서로의 눈치를 보지 않고 말하고 싶은 것은 스스럼없이 말하고 먹고 싶은 것은 먹으면서 자신이 좋아하는 생활을 하고 있다고 한다.

친구의 경우 식사를 각자가 해결함으로써 돌보아드린다, 보살핌을 받는다는 관계를 없앤 것이 문제를 잘 풀어갈 수 있었던 비결이 아닐까 싶다. '내가 모시고 있는데' '제대로 해주지도 못하면서' 라는 불만이 나오지 않는 것이 다행이라면 다행이다.

건강한 동안에는 서로에게 의지하려는 부분을 줄이고 자립하는 일이 중요하다.

대가족의 형태도 좋은 점이 얼마든지 있다. 언제나 누군가 가까이에 있고 게다가 어린 아이부터 노인에 이르기까지 화기애애한 분위기 속에서 생활한다. 서로에게 즐거운 부분도 있을 것이다.

물론 여러 세대가 동거하기 위해서는 주거공간이나 경제적인 조건 등 다양한 요건이 갖추어져야 한다. 그렇기 때문에 자신의 가족에 맞는 방법을 생각해야 한다. 지혜를 모으면 어떻게든 방법을 찾을 수 있을 것이다.

따로 살든 동거를 하든 노인 한 사람 한 사람에게 맞는 인생을 생각하는 것이 자녀의 역할은 아닐까 생각하게 된다.

우리 어머니는 생전에 우리 집에 와서도 당신의 집이 가장 편하다고 하시면서 바로 돌아가곤 하셨다. 하지만 그것이 정말 원하셨던 일인지, 지금 어머니의 영정을 바라보며 질문을 던져본다.

'이혼하는 선택' '하지 않는 선택' 어느 쪽이
행복한가?

부부문제로 상담하는 사람의 속마음은 '이혼'에 있다!?

신문이나 잡지의 인생 상담 코너에 상담을 청하는 여성의 연령
대를 비교해보니 가장 많았던 것이 40대였다고 한다. 자녀 문제
도 있지만 그 중에서 가장 많은 상담은 부부간의 문제이다. 좀더
분명하게 말하면 이혼을 할까 말까 고민하는 것이다.

나도 텔레비전이나 잡지 등에서 상담을 받아본 적이 있는데,
그때의 경험에 비추어보면 상담을 신청하는 사람들은 많은 고민

을 하고 있겠지만 다른 사람에게 의논하는 단계에 이르러서는 대부분 자기 나름대로 결론을 낸 경우가 많다. 하지만 마지막 결론을 내리기 어렵기 때문에 그 결론을 내리는 데 있어서 다른 사람에게 의지하려고 한다.

우리는 무엇인가를 결정할 때 대부분 스스로 결정한다. 하지만 결정을 내리는 마지막 순간에 '그래 그렇게 하자!'라고 결정할만한 것을 다른 사람에게 상담의 형태로 의지하려는 경향이 있다.

따라서 이혼이란 문제로 다른 사람에게 의논할 때도 본인은 이미 헤어질 생각을 하는 경우가 많고 그때도 '헤어지세요'라는 결정적인 한 마디를 찾으려는 경우가 대부분이다.

한편 대답하는 쪽에서 보면 여러 가지 사정을 고려해서 '자녀를 생각해서 참으세요.' '한 번 더 진지하게 대화를 나눠보세요.' 등과 같이 어떻게든 문제를 해결하는 방향으로 가져가려고 한다.

하지만 생각해보면 여러 가지 사정이라는 것이 자녀문제나 부인의 경제적인 능력일 뿐 아내와 남편 사이의 애정문제는 결코 아니다. 두 사람의 마음은 이미 멀어져 있다. 마음은 이미 가야할 방향으로 흘러가고 있고 수습이 불가능한 상태다. 그런데도 자녀의 문제를 비롯한 다른 문제 때문에 '헤어지지 말고 결혼생활을 계속하라'고 말하는 것은 어쩌면 잔인한 일일지도 모른다.

'가정 내 이혼'과 '이혼' —자녀의 입장에서 어느 쪽이 더 잔인한가?

속마음은 헤어지고 싶은데 여러 가지 사정 때문에 이혼하지 못하는 경우가 많다. 그런 이유 때문에 나타나는 것이 '가정 내 이혼'이다. 일단 사회적으로는 부부의 얼굴을 하고 부부로 통용되지만, 사실은 두 사람의 마음이 서로에게서 떠나 이혼을 해도 이상하지 않은 상태를 가리킨다. 다만 자녀나 세상 사람들의 눈 때문에 부부라는 간판을 내걸고 있을 뿐이다.

그런 가정은 정말 셀 수 없이 많다. 내 주변을 둘러보아도 너무 많아서 셀 수조차 없다.

어떤 한 남자 친구의 가정은 10년 전부터 붕괴상태였다. 원인은 타인인 나로서는 짐작할 수도 없지만 그의 친구들은 부인에게 애인이 생겼다고 말했다. 그들 부부는 매스컴과 관련된 일을 하고 있다. 자녀는 둘. 두 사람 모두 서로 얼굴을 마주치지 않도록 다른 층을 쓰고 있고, 남자 쪽은 매일 밤 밖에서 술을 마시고 늦게 귀가했다. 자녀들이 그런 아버지와 어머니의 상태를 모를 리 없다. 계속되는 냉전 속에서 딸은 어머니의 편이 되고 아들은 아버지의 편이 되어 가족이 둘로 갈라졌다. 그리고 딸이 대학에 들어가고 아들이 취직하던 해에 결국 두 사람은 헤어졌다.

어쩌면 부모 입장에서는 부모가 함께 있는 것이 자녀에게 더 좋다고 생각했을 것이다. 세상 사람의 눈이나 경제적인 문제도 있었을지 모른다. 그리고 거기에는 또 다른 이유도 있었을 것이다. 자신들이 직장생활을 하는데 있어서 이혼이 초래할지 모르는 불이익을 염려했을지도 모른다.

하지만 이혼하기까지의 기간 동안에 상처를 입은 것은 자녀들과 본인이라고 나는 생각한다. 거짓된 하루하루의 삶 속에서 속이면서 하루하루를 보내기보다는 보다 분명하게 행동하는 것이 모두를 위해 좋았던 것은 아닐까. 그것이 일시적으로는 힘들고 자녀들이 충격을 받을지도 모르지만 시간이 흐른 뒤에는 딸과 아들이 모두 아버지와 어머니의 삶을 인정했을 것이다.

나는 그 친구의 이야기를 듣고 가정 내 이혼 상태에 있는 부부와 자녀가 식탁을 둘러앉았을 때 어떤 기분이 될까, 하는 생각을 했다. 실제로 식사는 거의 하지 않을 테니 그런 걱정은 없겠지만, 그런 가정에서 자란 자녀들이야말로 희생자다.

앞에서도 쓴 것처럼 그 친구 부부는 이미 헤어져서 지금은 아들은 아버지와, 그리고 딸은 어머니와 함께 살고 있다. 하지만 딸은 극단적으로 아버지를 미워하고 경멸하고 반항을 계속하고 있다. 좀더 빨리 헤어졌다면 지금쯤은 아버지나 어머니의 마음을 이해할 수 있었을지도 모르는데 말이다.

또 다른 내 친구는 가정이 있는 남자와 10년을 사귀었다. 그 남자는 집을 나와서 아내와는 별거중이지만 이혼은 하지 않은 상태다. 가정은 이미 붕괴되었지만 어렵게나마 체면을 지키고 있는 것이다. 어머니 곁에 있는 자녀들은 이따금 아버지를 보러간다. 이것도 사실을 숨기면서 가정을 유지해가는 예다.

앞에서 예로 든 두 사례를 보면 남자의 비겁함과 여자의 비겁함이 보인다. 손익계산도 들어가 있다. 이혼에 따른 이익과 불이익을 저울로 재며 비교하는 듯한 느낌 때문에 불쾌한 느낌도 없지 않다.

앞으로도 가정 내 이혼은 늘어날 것이다. 개인주의가 발달한 서구에서는 생각할 수 없는 이 가정 내 이혼은 동양적인 풍토에서 만들어진 삶을 위한 하나의 지혜인지도 모른다.

아수라장을 경험하지 않으면 헤어질 수 없다?

왜 마음이 멀어져도 이혼하지 못하는가? 그것은 앞에서 쓴 것처럼 여러 가지 사정 외에 에너지가 필요한 탓도 있다.

결혼과 같이 서로가 뜨겁게 열을 올리고 있는 동안에는 흐름에 맡기면 되지만, 이혼이라는 상황 앞에서는 만들어진 것을 부수는 작업이기 때문에 대단한 에너지가 필요하다. 만드는 것도 힘들지만 만든 것을 부수는 것도 힘이 들어서 한마디로 지친다.

나도 어쩌다 이혼을 가정해서 생각하는 때가 있는데 여러 가지 귀찮은 일에 놀라 지레 물러서게 된다. 그렇게 되면 어떻게든 현상을 유지하는 쪽으로 생각이 돌아선다. 그런 많은 에너지가 필요한 일을 묵묵히 행한 사람들을 보면 머리가 숙여진다.

하지만 이혼경험자들의 이야기를 들어보면 그 속에는 많은 갈등과 이야기가 숨어 있다. 부부가 맞벌이를 하고 자녀가 둘 있는 나의 친구는 말했다.

"마지막은 아수라장이야."

그런 것을 꿈꾸었던 것은 아닌데 분노가 끓어오르고 상대를 몰아세운다. 그런 상황이 반복되는 사이 자신이 싫어지고 서서히 헤어질 결심을 굳히게 된다.

지나간 일을 돌아보면 지금이 오히려 깨끗하다. 가난하더라도 자신이 번 돈을 떳떳하게 마음대로 쓸 수 있는 지금의 삶이 행복하다고 말한다. 이것도 저것도 아수라장을 경험했기 때문에 할 수 있는 말이다.

두 번 다시 그런 피곤한 일은 하고 싶지 않다고 그 친구는 말한다.

다른 한 친구는 남편이 사고를 당했다는 연락을 받고 달려간 병원에서 남편을 간호하는 생면부지의 여자를 보고 지금까지 자신이 속았다는 사실을 처음으로 깨달았다고 한다. 친구는 아이와 함께 죽으려고 생각했지만 아이가 다부지게 "난 죽기 싫어. 혼자 살 거야."라고 말했기 때문에 망설였다. 그 후 친구는 남편과 헤어졌다.

그 친구의 경우는 충격적인 사건이 있었기 때문에 이혼이라는 에너지가 필요한 일을 해낼 수 있었을 것이다. 일반적으로 여간한 일이 아니면 그런 결심은 쉽지 않다.

형태가 없는 불평불만만 가지고는 이혼은 도저히 실천에 옮기지 못한다. 이혼도 결심이고 자신의 살려는 의지이며 선택이다. 그런 의미에서 나는 그런 결심을 할 수 있는 사람을 훌륭하다고 생각한다.

과거에는 부모가 이혼하거나 부모가 다른 것을 불행으로 받아들였지만 지금은 칙칙한 가정불화를 인내하기보다 깨끗하게 이혼하는 것이 낫다고 생각하는 경향이 있다. 자녀들도 언젠가는 이해하게 될 것이다.

하지만 잊어서는 안 된다. 깨끗한 이혼 뒤에는 반드시 아수라장을 지나는 에너지가 숨겨져 있다는 사실을.

미국의 사례 등을 보면 너무나 간단하게 결혼하고 이혼하는 것처럼 보이지만 그 나름대로 보이지 않는 이야기가 있을 것이다.

여자 스스로 결정한다!—이것이 장점이다

요즘 이혼하는 가정이 늘어나는 것은 그만큼 자신에게 정직하게 살려는 사람이 늘어났음을 의미한다.

최근에는 남자 쪽보다 여자 쪽에서 이혼 신청을 많이 한다고 한다. 그만큼 여자들이 자신에게 충실하게 살고 싶다는 생각을 하기 시작했다는 이야기일 것이다. 요즘 결혼이나 이혼을 할 때 주도권을 쥐고 있는 것은 여자다. 그렇기 때문에 여자 자신이 올바른 선택을 해야 한다.

미국에서는 결혼과 이혼, 재혼과 재이혼을 경험하는 사람이 많다. 첫 남편과의 사이에서 태어난 아이와 두 번째 남편의 아이를 데리고 역시나 아이가 딸린 남성과 재결합하는 일은 드문 일이 아니다. 그렇기 때문에 누구에게서 태어난 아이, 어느 남자의 아이라는 것에 연연해하지 않는다. 오히려 누구의 아이든 평등하게 키우려는 너그러움 같은 것이 느껴진다.

게다가 백인이 흑인이나 베트남 난민의 아이를 입양하는 등 양자를 받아들이는 일이 흔한 나라이기 때문에 동양인처럼 혈연에 연연해하지 않는다는 점도 좋다.

내가 이렇게 말하는 것은 이혼을 장려하기 때문이 아니다. 가능하면 이혼하지 않고 남편과 아내, 남자와 여자의 관계를 이어갈

수 있길 바란다. 하지만 한 번 깨진 관계를 속이고 숨기면서 살기
보다는 나름대로의 결심을 하는 것이 좋다는 말이다.

이혼을 통해서 얻을 수 있는 이점은 여자가 스스로 결정하는
데 있다. 지금까지는 남편의 의견에 따르고 타인의 기준으로만 생
각했던 여성도 이혼만큼은 스스로 결정한다. 그 부분이 중요한 것
이다.

결혼은 아버지와 어머니, 친척 등 주변 사람들의 생각에 따라
선택한 경우도 있지만, 이혼은 싫든 좋든 스스로 결정한다. 그런
의미에서 정말 의미 있고 중요한 것은 결혼보다 이혼일지도 모른
다.

남편과의 관계를 새롭게 만들어가는 방법

일이 닥쳐야 아는 '고마움'

'남편은 건강하고 집 밖으로 나가는 것이 좋다'는 말이 있다. 부부가 오랫동안 같이 지내면 서로에게 공기 같은 존재가 되어 평소에는 상대방을 전혀 신경 쓰지 않는다. 퇴근해서 곧장 귀가하거나 쉬는 날에도 집안에서 뒹굴뒹굴하는 모습을 보면 이만저만 신경 쓰이는 것이 아니다. 집안일도 손에 잡히지 않고 온통 신경이 남편에게로 쏠린다. 오히려 집에 없는 쪽이 신경 쓰지 않고 편하게 집안일을 할 수 있다. 그렇게 생각하는 아내가 많다고 한다.

하지만 그것은 남편이 매일 집으로 돌아오는 것이 전제가 되기 때문에 할 수 있는 말이다. 만약 남편이 집으로 돌아오지 않는다고 하면 그거야말로 큰 사건이다. 그러면 이번에는 여자가 생긴 걸까, 사고를 당한 것일까, 하는 걱정에 안절부절 못한다.

매일 곁에 있기 때문에 남편에 대한 고마움을 모르는 것이다.

나도 남편이 매일 집에 있을 때는 고마움을 전혀 느끼지 못했었다. 원래 우리 부부는 두 사람 모두 일에 쫓기고 있어서 보통 부부들만큼 함께 지내는 시간이 많지 않다. 하지만 그래도 같은 집에 살면서 돌아오는 사람이 있다는 사실에서 안심하는 나 자신을 발견하곤 한다.

그것은 어머니가 돌아가신 후 새삼스럽게 느낀 일이다. 그때 남편은 지방에서 근무하던 시기여서 지방에 있었다. 어머니가 입원한 뒤에 병이 더 악화되어서 불안했지만 남편이 뛰어와 주었을 때는 솔직히 마음이 놓였다. 그 후 장례식을 치르는 동안에도 남편이 도쿄에 함께 있었기 때문에 나도 어머니의 죽음에 대한 충격을 조금이나마 견딜 수 있었다. 그때만큼 남편이 곁에 있어준 것이 고마웠던 적은 없다.

평소에는 '남편은 건강하고 집 밖으로 나가는 것이 좋다'고 말하더라도 무엇인가 일이 닥치면 남편이 큰 의지가 된다. 언제나 함께 있는 것이 당연한 일이 되었을 때는 상대방에 대한 고마움은 옅어지지만 곁에 없으면 새삼스럽게 좋은 점을 깨닫게 되는 것이다.

나 홀로 전근은 매너리즘을 타파하는 특효약

아내가 40대가 되면 남편은 대개 40대나 50대 정도가 되기 때문에 사회적으로도 책임이 무거운 위치에 오르고 혈혈단신으로 전근하는 일도 늘어난다. 자녀의 학교문제도 있어서 가족 전원이 이사하는 것은 어렵기 때문에 남편만 부임지로 떠나는 것이다. 요즘 지방의 대도시에는 혈혈단신으로 전근한 남자들이 꽤 많다.

그렇게 남편이 곁에 없으면 아내들은 언제나 얼굴을 마주하고 함께 의논하던 때를 그리워한다. 그때 뭔가 일이 생기면 남편에 대한 믿음도 급상승한다.

전화를 걸거나 편지를 쓰는 일은 평상시에는 하지 않던 일이기 때문에 연애시절로 돌아간 듯한 신선함도 있다.

간간이 만나게 되면 지금까지 몰랐던 남편의 따뜻한 마음이나 믿음직스러움을 확인하게 될지도 모른다. 그래서 떠나보는 것은 좋은 일이다. 그것은 남편 쪽도 마찬가지여서 평소에 아내에게서 보지 못했던 새로운 점을 보게 될지도 모른다.

떨어져서 살면 상대방이 어떻게 지내는지 걱정하는 마음도 생기지만 매일 얼굴을 마주하면 오히려 둔감해진다. 사람의 마음은 정말 변덕스럽다.

내 경험에 비추어 보면 지금까지 살아오면서 서로를 가장 걱정했던 것은 남편이 베이루트에서 특파원으로 지내던 시절이다. 그때는 날이 갈수록 내전이 심해지는 상황에서 전화와 팩스로도 안부를 전하기가 어려웠다.

나는 남편의 안부를 걱정하면서 매일같이 마음을 졸였다. 남편도 어떻게 해서든 나에게 연락을 하려고 했지만 연결이 되지 않았다고 한다. 한번은 어렵게 연결된 전화가 통화중이었던 적이 있는데, 알고 보니 그 순간 남편도 나에게 국제전화를 걸었었다고 한다.

남편이 지방으로 전근을 가서 가족과 떨어져서 사는 것은 경제적으로나 정신적으로 힘들지 모른다. 하지만 그 기회를 잘 이용하면 매너리즘에 빠진 부부관계에 새로운 전환기를 만들 수 있다. 무엇이든 생각하기 나름이다. 그 시기를 이용해서 서로에 대해 배우고 남편과 함께 다시 살게 되었을 때 남편이 깜짝 놀랄 정도로 좋은 여자가 되는 것도 멋진 일이다.

내 친구 중에는 남편의 전근기간이 길어져서 남편에 대한 설렘이 더 컸던지 오랜만에 만나니까 가슴이 두근거린다고 말했던 이가 있다.

혼자만의 삶에 익숙해진 뒤에 남편이 집으로 돌아오면 남편이 왔다는 사실만으로도 가슴이 두근거리는 것은 좋다. 하지만 무엇을 해야 좋을지 모르겠다거나 일이 손에 잡히지 않는다고 하는 것은 문제다.

나홀로 전근은 일상생활에 때가 낀 부부에게 다시 한 번 새로운 바람을 불어넣는다.

아줌마 패션을 버린다—남편이 다시 사랑에 빠지는 멋진 여성이 되기 위해서 ①

40대는 자녀가 포함된 '아버지' '어머니'로서 관계에서 새롭게 남편과 아내, 남자와 여자로 마주하는 삶으로 돌아오는 시기이다. 이 시기를 잘 시작하지 않으면 평생을 아버지와 어머니로 살게 된다.

앞으로는 장수하는 사람이 늘어나기 때문에 노후에도 두 사람이 마주하는 시간은 길어질 것이다. 따라서 단지 아버지, 어머니로만 사는 인생은 재미가 없다. 어머니에서 벗어나기 위해서는 여자도 개인으로 돌아갈 필요가 있다.

우선 스스로 느끼고 생각하고 스스로 선택할 수 있는 사람이 되어야 한다. 타인을 신경 쓰고 이웃의 부인이나 친구들에게 맞추려고 생각할 것이 아니라 그런 생각을 말끔히 털어버리고 자신의 생각을 다시 찾아야 한다. 한마디로 말하면 멋진 여성이 되는 것이다.

그러기 위해서는 멋을 부리는 것도 필요하다. 차림새를 단정하게 해서 아줌마티를 내지 않도록 신경 써야 한다.

나는 40대 여성들의 차림새를 볼 때마다 언제나 마음에 걸리는 것이 하나 있다. 40대 부인들은 무슨 이유 때문인지 한결같이 '40대'의 모양새를 하고 있다는 것이다. 옷차림 하나만 해도 조금만 센스를 살리면 얼마든지 분위기를 연출할 수 있는데 상식과 세상 사람의 눈에서 벗어나지 못하는 것을 보면 안타까운 생각이 든다.

자신에게 어울린다면 어떤 차림이든 상관없는 것은 아닐까. 타인의 눈에 거슬리지 않는 범위 내에서 자유롭게 즐기고 개성을 발산할 수 있으면 되는 것이다.

보통 말하는 중년다운 멋은 아무래도 쉽게 받아들여지지 않는다. 스스로 젊음을 버리는 듯한 느낌 때문이다. 액세서리나 옷을 선택할 때도 나이에 맞추어야 한다는 생각을 버리고 자신에게 어울리는가, 자신이 좋아하는가, 하는 관점에서 보자. 그러면 남편도 새로운 느낌으로 아내를 다시 보게 될지도 모른다.

'스스로' 생각하고, '스스로' 결정하고 '스스로'한다—남편이 다시 사랑에 빠지는 멋진 여성이 되기 위해서 ②

멋진 40대가 되기 위한 조건을 또 하나 꼽는다면 스스로 무엇이든 할 자세를 갖는 것이다. 남편에게 모든 판단을 맡기고 남편에게 모든 것을 의지하기보다는 다가올 노후에 혼자서도 살 수 있는 자세를 몸에 익혀두어야 한다.

여자는 다른 사람에게 의지하려는 구석이 있다. 그것은 무의식 중에 나온다.

예를 들면 잘 모르는 곳에 가면 여자는 바로 길을 묻는다. 모르면 스스로 생각하기보다 지나가는 다른 사람에게 길을 묻는다. 마치 다른 사람에게 물어보면 무엇이든 알 수 있을 거라고 생각하는 것처럼. 그런가하면 남자는 여간해선 길을 묻지 않는다. 시간이 걸리더라도 지도를 보고 혼자 힘으로 찾아가려고 한다.

나의 남편도 운전을 하다가 모르는 곳에서 길을 잃어도 길을 묻지 않는다. 어떻게든 지도를 보면서 찾으려고 한다. 같은 경우 나는 바로 길을 묻는다. 그것이 빠르다고 생각하기 때문인데, 물어서 간 길은 눈에 잘 익지 않는다. 스스로 찾은 경우에는 눈에 더 잘 들어온다. 아무래도 그런 것이 남자와 여자의 차이가 아닐까?

남편의 경우에는 시간이 걸리든 헛수고를 하든 혼자서 어떻게든 찾으려고 하기 때문에 다음에 갈 때는 길을 잃지 않는다. 나도 그런 것을 평소에 보았기 때문에 가능하면 사람들에게 길을 묻지 않으려고 하고 있다.

캔을 따는 경우에도 캔 따개의 사용방법을 모르면 나는 바로 사용법을 묻는다. 그러면 남편은 혼자 생각해보라고 말한다.

나는 남자들과 마찬가지로 계속 일을 해왔지만 스스로 생각하고 발견하는 부분은 아직도 부족하다.

길치도 여자가 많다. 부끄럽게 생각해야 할 것을 '난 길치예요'라고 태연하게 말한다. 남자와 여자의 관계를 대등하게 만들어가기 위해서는 스스로 생각하고 스스로 행동할 수 있는 사람이 되지 않으면 안 된다. 그런 사람이 되기 위해서라도 40대를 잘 이용하자. 그러면 50대 이후의 노후에는 틀림없이 홀로서기를 해서 의미 깊은 인생을 맞이할 수 있을 것이다.

또한 남편과 아내의 관계도 아내가 남편을 따르는 것이 아니라 부부가 인간 대 인간으로 대등하게 관계를 만들어가는 것이라고 생각하게 될 것이다.

쓸데없이 다른 사람의 소문을 말하거나 텔레비전을 보면서 시간을 보내기보다 자신이 서 있는 자리를 응시하면서 부부관계도 새롭게 만들어가자.

'남편과의 대화가 재미없는 삶'은 따분하다

또 중요한 것은 남편을 이해하는 것이다. 오랜 기간 자녀에게 매여 있다 보면 남편을 제대로 챙기지 못한다.

남편의 작은 변화도 알아차리지 못하고 그 변화에 잘못 대응하는 경우도 적지 않다.

4, 50대 남편은 사회에서는 책임이 무거운 지위에 있는 경우가 많아서 과로하기 쉽고 쉽게 피로가 쌓인다. 그런 상황을 이해할 수 있어야 한다. 남편이 아무 말도 하지 않아서 모른다고 할 것이 아니라 하루하루 남편에게 신경을 쓰다보면 그 변화를 알 수 있다. 직장에서 나쁜 일이 있었는지 없었는지, 기분이 나쁜 것은 왠지, 잘 생각하고 애정으로 받아들이고 배려하는 마음으로 바라보는 것은 어떨까 싶다.

남편과 아내의 대화도 소홀히 하는 경우가 많은데, 자녀가 없을 때 두 사람 모두 말없이 지내는 것도 문제다. 일상적인 사건이나 생활 속에서 무엇인가를 발견하고 그것을 화제로 대화해보자. 남편과 아내가 대화를 하는 것도 습관을 들여야 한다.

'우리 남편과 얘기하는 건 정말 재미없어'라고 단정 지을 것이 아니라 두 사람 사이에 공통된 화제를 가지도록 노력해야 한다.

예를 들면 여가를 보내는 방법에 대해서 생각해보자. 두 사람이 젊었을 때처럼 단 둘이 외식을 하는 등 자녀가 함께 있을 때와 다른, 부부만의 시간을 가져보자. 영화, 음악회 등도 친구끼리만 가지 말고 이따금 남편과 함께 가보자. 남편들 가운데는 싫다고 하면서도 따라오는 경우도 있다. 그런 시간을 통해서 두 사람만의 관계가 자연스럽게 만들어질지도 모른다.

아직 부부가 함께 행동하는 일은 적지만 나이를 먹어갈수록 오히려 부부의 시간이 더 중요해진다. 40대부터 부부가 함께 행동하는 습관을 들이자. 그렇게 하지 않으면 두 사람만의 시간이 늘어나는 노후에는 쓸쓸한 부부가 되고 만다. 처음에는 부끄럽게 생각되더라도 어떻게든 두 사람만의 대화의 실마리를 찾길 바란다.

부부가 함께 여행을 떠나는 것도 좋은 방법이다. 온천이든 어디든 자녀를 동반하지 말고 부부가 단 둘이 떠나는 것이다. 노인이 되기까지는 아직 많은 시간이 있지만, 지금부터 조금씩 그런 일도 시작해두면 좋다.

이처럼 두 사람이 함께 무엇인가를 하는 것이 습관이 되면 남편이 퇴직한 후에 남편을 대형쓰레기 취급하는 일은 없을 것이다.

남편도 잘하는 집안일이 있으면 치매에 걸리지 않는다!?

그리고 또 한 가지. 가능하면 남편이 집안에서 할 수 있는 일을 찾아야 한다.

남편이 퇴직 후에 치매에 걸리는 것은 일이 없기 때문이다. 그렇기 때문에 남자가 가정에서 할 수 있는 일을 늦기 전에 찾을 필요가 있다. 퇴직을 한 이후에는 이미 늦는다. 40대 즈음부터 집안일에 조금씩 흥미를 갖도록 하는 것이 좋다.

집안일이라고 해서 식사준비나 청소, 세탁만 있는 것은 아니다. 집안일은 집에서 할 수 있는 일로 의·식·주, 생활전반을 가리킨다. 살아 있는 인간, 생활하는 인간이 생활의 어느 한 가지에도 흥미가 없을 리 없다. 반드시 한 가지, 흥미를 가질만한 일이 있을 것이다. 그것을 아내가 찾아주는 것이다. 평소에 잘 관찰해서 정원돌보기를 좋아하는 사람에게는 정원 가꾸는 일을 맡기고, 만들기를 좋아하는 사람에게는 수리할 수 있는 무엇인가를 찾아주면 된다. 수리에 밝은 사람이라면 가계부를 맡기는 것도 좋다. 요리하기를 좋아하는 남편에게는 음식이 타든 고급재료를 쓰든 눈을 딱 감고 요리를 맡겨보자.

장기적인 안목으로 적당히 칭찬해주면서 키워가는 것이 교육이다. 노후를 잘 보내고 싶다면 남편을 짐 취급하면서 아내가 떠맡을 것이 아니라 남편에게도 집안에서 보람을 느낄 수 있는 일을 찾아주는 지혜가 필요하다.

사실 남자의 경우에도 일은 밖에만 있는 것이 아니다. 그 가치의 전환이 중요하다.

스스로 일을 찾을 수 있는 사람은 절대로 심심하지 않다. 치매에 걸리지 않는다.

우리 집에도 한 사람 있는데, 남편은 요리하는 것을 좋아할 뿐 아니라 솜씨도 좋다. 얼마 전에는 지방으로 전근을 갈 때도 전근을 준비하면서 새 부엌칼을 네 자루나 구하러 다녔다. 그리고 근무지에서 내게 전화를 걸어서는 이런 말을 했다.

"난 괜찮은데, 당신은 좀 챙겨먹는 거야?"

우리 집은 남편이 요리를 하는 쪽이기 때문에 손재주가 없고 무슨 일이든 귀찮아하는 나를 마음 써서 하는 말이다. 세상의 다른 부인들과는 반대이다. 남편은 좋아서 하는 일이기 때문에 만약 밖에서 할 일이 없어지더라도 나보다도 더 씩씩하게 살아갈지도 모른다.

'남편의 괴로움을 이해하는 아내' '남편을 깔보기만 하는 아내'—당신은 어느 쪽?

소년시절의 꿈을 잃지 않는 남자가 많다. 엉덩이의 푸른 멍을 간직하고 있는 것은 좋은 일이다. 만약 당신의 남편이 아이들처럼 기차를 좋아하고 열차를 좋아하는 사람이라면 그 취미를 함께 즐겨보자. 남자는 관심을 갖는 일이 있으면 그것에 푹 빠지는 경우가 많아서 돈도 들이고 시간도 들인다. 하지만 그런 것에 돈이나 시간을 들이는 것은 결코 낭비가 아니다. 아내가 남편의 취미를 함께 즐기는 것은 남편의 마음을 이해하는 계기가 된다.

그리고 자신도 스스로의 취미나 시간을 소중히 여기게 된다.

일 이외의 것이나 집안일에 흥미를 갖는 사람은 늙지 않는다. 남편을 회사에 목을 매지 않도록 하기 위해서라도 남편의 취미를 함께 즐길 필요가 있다. 그러면 노년기를 맞았을 때 일이 없어도 서로가 마음이 넉넉한 인생을 보낼 수 있지 않을까.

남편을 존중하는 것이 가장 중요한 것은 말할 것도 없다.

자녀들에게 '너희 아빠는 안 돼.' '네 아빠처럼은 되지 마라.'라고 말하는 아내는 하늘에 대고 침을 뱉는 것과 같다. 설사 출세가 늦더라도 훌륭하지 못해도 당신의 남편에게는 그 사람만이 갖고 있는 좋은 점이 있다. 그것을 인정해주자.

그리고 운이 없어서 출세가도에서 밀려났을 때도 좌절감을 이해해주고 고통을 함께 나누는 아내가 되어주었으면 싶다.

그러기 위해서도 남편을 다시 한번 바라보는 일부터 시작하지 않으면 안 된다고 나는 생각한다.

품에서 떠나려는 내 아이와 어떤 관계를 만들어야 할까

"내가 어렸을 때…"— 내 아이의 마음을 이해하는 비결

부모와 자녀의 문제는 아무리 말을 해도 끝이 없을 정도로 어렵다. 각 가정의 경우가 다르고 아이 하나하나의 개성도 다르다. 부모 또한 성격이나 환경, 생각이 다르기 때문에 일률적으로 이 문제를 논하기는 어렵다.

하지만 부모와 자식 간의 문제는 누구에게든 있다. 모두가 부모가 되고 자식이었던 적이 있기 때문이다.

나는 아이가 없다. 교육문제 심포지엄 등에서 육아에 관한 이야기를 하면,

"당신은 아이가 없으니 잘 모른다."

라는 말을 자주 듣는다. 솔직히 현행의 입시제도나 학교생활 등 세부적인 내용은 잘 모르지만 아이가 없다고 해서 아이에 대해 모를 수는 없다.

왜냐하면 아이는 없지만 나도 아이였던 적이 있기 때문이다. 그리고 어렸을 적의 감각을 소중하게 생각하고 있기 때문이다.

부모는 눈앞에 아이가 있으면 그것이 누구의 아이든 대부분 부모의 입장에서 그 아이를 바라본다. 다시 말하면 어른인 부모의 입장에서 그곳에 있는 아이를 보호받아야 하는 아이로 이해하려고 한다. 그것은 부모라면 당연한 일로 그런 관계를 떠나 객관적으로 본다는 것은 실로 어렵다.

하지만 아이를 볼 때 부모나 어른의 입장에서만 보면 아이의 진짜 모습이 보이지 않는다. 어른으로서의 자신의 입장만 생각하고 아이의 기분이나 입장을 잊기 때문이다.

내 경우 아이가 없기 때문에 부모의 입장은 없다. 그렇기 때문에 아이에 대해 생각할 때는 우선 나의 어린 시절을 생각한다. 내가 어렸을 때 어떻게 생각했는가. 부모에 대해, 어른에 대해 무엇이 싫었고 무엇을 받아들이기 어려웠는가를 생각한다.

품에서 떠나려는 내 아이와 어떤 관계를 만들어야 할까

그런 점에서 보면 오히려 아이가 없어서 객관적으로 부모와 자녀의 관계를 바라볼 수 있다. 아이가 있는 경우에도 부모의 입장 이외에 '내가 어렸을 때'를 생각해보는 것은 필요하지 않을까?

만약 '내가 어렸을 때' 어떻게 느끼고 어떻게 생각했는지 기억을 떠올릴 수 있다면 틀림없이 아이들의 행동을 지금 이상으로 이해할 수 있을 것이다.

'이야기를 진지하게 들어준다'—내 아이에게 신뢰받는 비결

나는 어렸을 때 부모는 나를 잘 모른다, 아무것도 모른다는 생각을 자주 했다. 부모나 어른들이 '모두가 그렇게 하고 있으니까' '학교에서 정한 것이니까'라는 이유로 상식을 일방적으로 강요하는 것이 싫었다.

'왜 예의바르게 행동하지 않으면 안 되는가.'

'왜 남자들이 쓰는 말을 써서는 안 되는가.'

'왜 학교에서 그렇게 정하고 있는가.'

'왜 선생님의 지시에 따르지 않으면 안 되는가.'

그 왜에 대한 답을 찾을 수 없었고 아무리 생각해도 이해가 되지 않았다. 나는 그때마다 내 자신이 수긍할 수 있는 형태로 행동하려고 했다. 하지만 내가 마음먹은 대로 행동하면 당연한 일이지만 어김없이 부모와 충돌했다. 그때마다 부모의 가치관은 내 가치관이 아니라는 생각이 앞섰고 강요당하는 것이 이유 없이 싫었다. 그런 생각의 차이 때문에 고민한 것이 한두 번이 아니다.

부모에게 반항을 한다고 해도 아이는 혼자서는 살 수 없기 때문에 결국 부모의 곁으로 돌아가기 마련이다. 한 차례 자신의 의견을 말하고 반항을 해보아도 소용이 없기 때문에, 다음번에는 말해도 소용이 없다는 것을 알기 때문에 말을 하지 않는다.

부모에게 말해도 소용이 없고, 선생님은 말할 것도 없다. 그렇게 되면 말이 통하는 것은 친구뿐이다. 하지만 요즘은 친구 사이에서도 진지하게 속마음을 이야기하는 것을 싫어하거나 바보취급을 해서 속내를 털어놓지 못한다. 결국 혼자 고민을 끌어안을 수밖에 없다.

그런 고독한 아이들이 의외로 많다. 내가 쓴 책 중에는 젊은 사람들을 인터뷰해서 펴낸 책이 몇 권 있는데, 내가 인터뷰했던 사람들은 모두 뜻밖에도 고독하고 이야기를 나눌 상대가 없었다. 그 결과 거식증이나 폭식증에 걸리거나 컴퓨터만 마주하는 등 세상 밖으로 나오려고 하지 않는다.

그렇기 때문에 이해관계를 떠나 안심하고 이야기할 수 있는 나 같은 제3자와 마주해서는 깜짝 놀랄 정도로 한꺼번에 속내를 털어놓는다. 이런 것까지 말해도 괜찮을까 싶은 비밀스런 이야기까지도 털어놓는다. 그럴 때 문득 요즘 세상은 풍족해서 무엇이든 채워져 있을 것 같지만 그들의 눈빛에는 한 사람 한 사람의 고독한 마음을 담고 있다는 생각이 든다.

그렇기 때문에 부모나 선생님이나 친구, 그 어떤 누구에게도 진지하게 속내를 털어놓지 못하고 부모에게도 대들지 못하는 반항기가 없는 아이가 늘고 있다는 것은 좋은 일만은 아니다. 나는 아이들이 자신의 부모를 신뢰하지 못하기 때문이라는 생각을 떨쳐버릴 수 없다.

반항기—자녀가 부모를 앞질러가는 첫 단계

중학교, 고등학교 시절 나의 반항기는 정도가 아주 심했다. 부모나 학교가 정한 일에 대해서는 아무래도 수긍할 수 없어서 반항하고 말대답도 했다.

집에서는 어머니에게 대들어서 어머니의 마음을 아프게 했던 적도 있다. 직업군인이었던 아버지는 군인으로서 교육을 엄격하게 받았기 때문에 전후에도 아버지는 조금도 변함이 없었다. 새로운 헌법 체제의 국가나 정치에 대해서도 나는 아버지의 생각과 달랐기 때문에 일이 있을 때마다 충돌했다. 오빠는 결국 한바탕 소란을 피우고 할아버지와 할머니가 계시는 곳으로 갔다.

아버지와 오빠 사이에서 어떻게든 일을 무마시키려고 하는 어머니가 안쓰럽기도 했지만 사태를 수습하기에 여념이 없는 어머니가 못마땅했다. 그래서 아버지와 이야기를 하면 싸움이 되기 때문에 어머니에게 대들기 일쑤였다.

솔직히 폭력 일보 직전까지 갔던 일도 몇 차례나 있었다. 나는 응석을 부리면서 자란 탓에 내 생각대로 되지 않으면 어머니에게 분풀이를 해댔다.

지금 생각하면 어머니에게 그렇게 마구 해댔던 것도 응석이었다. 내가 어떻게 해도 어머니는 나를 저버리지 않을 거라고 생각했기 때문에 반항할 수 있었던 것이다. 말이 조금 이상하지만 내가 마음 내키는 대로 반항할 수 있도록 모든 것을 받아준 어머니에게 지금은 감사한다. 반항하는 과정 속에서 나는 나 자신의 생각을 잡아갔고 조금씩 자아에 눈뜨기 시작했다.

자녀가 부모에게 반항하는 것은 부모를 앞질러 가기 위한 하나의 과정이고, 자신을 확고하게 자리 잡고 만들어가는 과정이라는 것을 이해해주었으면 한다.

그것을 무리하게 억누르는 것도 아니고, 귀를 틀어막는 것도 아니고, 안심하고 자식이 반항할 수 있는 부모가 되는 것은 어떨까 생각해본다.

비행으로의 갈림길은 바로 그곳에 있는 것이 아닐까. 비행으로 치닫는 아이들의 경우에는 자신들의 반항을 받아주는 이가 아무도 없다. 안심하고 반항할 수 있는 부모가 없는 경우가 많다. 나도 상당히 심한 상태였지만 이른바 비행으로 치닫지 않고 끝난 것은 그것을 받아주는 어머니가 있었기 때문이다. 그것은 어머니의 큰 사랑이라고 바꾸어 말해도 좋을 것이다. 이런저런 일로 반항하면서도 결국은 어머니의 손 위에 있었던 것 같다.

'고집'도 '교칙위반'도 자기주장의 하나

집안에서뿐 아니라 밖에 나가서도 나는 무언의 반항을 계속했다.

그것은 다름 아닌 교칙에 대해서였다. 내가 다니던 고등학교는 대학을 많이 보내는 학교로 유명해서 공부를 잘 하는 아이들이 모여 있었다. 시험을 본 뒤에는 점수까지 게시판에 내걸렸다. 나는 국어 등의 문과계열은 어떤 누구에게도 지지 않았지만 이과계열은 겨우 턱걸이하는 수준이었다. 대학입시에서 유명한 대학에 몇 명 들어갔다는 것을 자랑으로 삼는 학교가 싫었다. 그래서 일부러 남자친구와 놀러 다니는 것처럼 꾸미기도 하고 공부하지 않는 척 했다.

그리고 또 싫었던 것은 교복이다. 양복 스타일의 아주 평범한 것이었는데, 나에게는 어울리지 않는다고 생각했다. 처음에는 친구와 둘이 세일러복 형태를 조금 바꾼 다른 옷을 입고 다니다가 선생님에게 몇 번 꾸지람을 들었다.

학교에서는 집에서 어머니에게 하듯 반항할 수 없었다. 그 자리에서는 '예'라고 말했지만 그 후로 교복보다 주름이 많은 스커트를 입고 갔다. 교칙대로 따를 수 없었던 것이다. 한 번은 선생님에게 주의를 받았지만, 그 자리에서 '이 스타일은 내게는 어울리지 않는다. 어울리지 않는 것을 매일 입고 다니고 싶지 않다'고 말한 뒤로는 누구에게도 주의를 듣지 않았다. 그렇게 해서 졸업할때까지 나 혼자 교복과 다른 옷을 입고 다녔다.

그런 나를 보면 교칙을 지키라는 주의를 주긴 했지만 나의 반항을 받아준 학교에 나는 지금도 감사하고 있다. 그 당시에는 선생님도 융통성이 있었다. 학교 쪽에도 반항을 받아주는 사람이 있었고, 나는 자아를 키울 수 있었다.

머리나 복장 같은 것을 하라는 대로 왜 하지 않느냐고 부모는 말하지만, 아이들의 입장에서는 그것이 자아의 작은 발로다. 자아는 어디로 표출해야 좋을지 실마리를 잡지 못한 채 멋 부리는 쪽에서 먼저 표출된다. 많은 사람이 보는 머리형이나 스커트 길이 등에서 자신의 생각을 내세우고 싶어지는 것이다.

우기는 것은 자신의 생각을 주장하는 또 다른 형태다. 다만 너무나 미숙하고 당돌해서 어른의 입장에서는 저항감을 느낀다. 그렇기 때문에 주의를 주게 된다. 어른은 그 싹을 일찌감치 꺾어서 어른 사회에 순응할 수 있는 아이, 관리하기 쉬운 아이를 만들려고 한다.

요즘 교칙에 맞지 않는 머리형을 했다고 해서 그 학생의 졸업 사진을 꽃 사진으로 바꾼 사건이나 복장이 교칙에 맞지 않는 아이에게 수업을 받지 못하게 하는 등의 사건이 있었다. 그런 사건을 들으면서 이런 생각을 해본다. 그 아이들을 도와주는 길을 생각하는 것이 진정한 교육이 아닐까.

그런 학교교육이 현실이기 때문에 부모는 아이를 저버려선 안 된다.

우리 어머니는 우울증 상태에서 점차 반항적이 되어가는 딸을 끌어안고 당신도 힘에 부쳤겠지만 함께 있어주셨다. 그렇기 때문에 나는 어머니에게 마음껏 반항하고 마음껏 행동해서 마음껏 자아를 키울 수 있었다. 요즘 아이들은 학교에서 많은 규제를 받기 때문에 집에서만큼은 마음껏 성장하도록 해주었으면 싶다.

자식은 부모의 거울

가정환경은 정말 중요하다.

요즘은 입시경쟁이 치열해서 그 경쟁에서 이기기 위해서는 부모는 내키지 않더라도 자식을 독려하지 않을 수 없다. 교육에 열의를 쏟지 않을 수 없다. '마음을 독하게 먹고' 자식이 공부하도록 이끄는 경우도 많을 것이다. 그런 사회분위기 속에서 그 대열 속에 끼워 넣지 않으면 낙오자가 된다는 생각에 의문을 느끼면서도 부모로서 자식에게 귀가 따갑도록 잔소리하는 것을 이해하지 못하는 것은 아니다.

하지만 거기에서 중요한 것은 역시 부모의 생각이다. 부모는 자녀가 좋은 학교, 일류대학에 들어가서 안정된 대기업에 취직하는 표면적인 일만 생각해선 안 된다. 부모도 나름대로 생각을 갖고 의문을 되짚으면서 자녀와 대화를 통해서 '역시 지금은 공부할 시기다'라고 말하는 것은 단지 공부만을 강조하는 것과 전혀 다르다.

마음의 여유를 갖고 자녀의 장래를 생각하기 위해서는 부모 자신이 항상 스스로 생각하고 자신의 생각을 말할 수 있고 자신을 살리는 삶을 살아야 한다.

자녀와 마주하기만 해서는 시야가 좁아지고 여유가 없어진다. 부모 스스로 자신을 갈고 닦는다면 자녀도 반드시 그런 부모의 모습을 바라본다.

교육은 말할 것도 없이 가르치는 일이다. 단지 입으로만 말하는 것이 아니라, 직접 보여주는 것, 자신의 모습으로 이해시키는 것이다. 부모가 살아가는 모습을 자녀들은 항상 보고 있다. 그리고 날카롭게 비판한다. 부모를 비판하고 앞질러 가주면 좋겠지만 대부분은 부모를 닮아간다고 하니 부모의 모습은 간과할 수 없다.

자녀들이 언제나 지켜보고 있다는 말은 자녀들이 언제나 닮아가고 있다는 것을 의미한다. 그와 같은 환경의 영향은 크다. 환경은 모르는 사이 자녀들에게 침투되어 간다.

나는 지금 내가 자란 환경에 감사한다. 나와는 생각이 맞지 않았지만 아버지는 젊었을 때 화가가 되고 싶어 했기 때문에 우리 집에는 언제나 소설과 그림책이 가득했다. 어머니도 약간은 소녀 취향의 시를 좋아해서 틈날 때마다 시를 읽거나 쓰거나 했었다. 나 자신도 의식하지 못하는 사이 책을 펼쳐 읽거나 그림을 바라보면서 정서를 키워갈 수 있었다. 유아기를 그런 환경 속에서 보낸 것이 모두 글을 쓰는 토대가 되었다.

그런 환경이 음악이나 그림, 문학 등의 깊이를 더해주었고 미적 감각을 키우는데 있어서도 많은 도움이 되었다. 나의 어머니는 도자기를 좋아해서 식기 하나를 고를 때도 세심하게 신경을 썼고 옷차림 하나에도 한껏 센스를 발휘하곤 했다. 그것이 지금 자연스럽게 나의 삶 속에서 이어지고 있다.

어머니가 돌아가셨을 때 어머니가 생전에 좋아하던 보라색과

흰색 꽃으로 장식하고 영정은 문득 생각이 나서 사진이 아닌 아버지가 그린 어머니의 그림으로 모셨다. 그렇게 꾸며진 영정이 장례식을 찾은 사람들에게 인상적이었던지 '나도 영정은 그림으로 하고 싶다'고 말하는 사람이 많았다.

자란 환경 속에 그런 것이 있었던 것이 피가 되고 살이 되어 지금 내 속에 살아 있다. 아버지와 어머니는 돌아가셨지만 부모님의 센스는 나의 세포 속에 살아 있다는 생각이 든다.

'붙지도 떨어지지도 않는' 거리감이 좋다

나도 나 자신이 살아온 모습이 누군가에 의해 이어졌으면 하는 생각을 해본다. 하지만 아이가 없기 때문에 그 대신 내 책을 읽은 사람, 만난 사람들에게 전해주고 싶다.

반드시 자신의 배로 낳은 아이일 필요는 없다. 생각을 좀더 사회적으로 넓히면 자신이 살아가는 모습을 보여주는 것이 어른이 해야 할 일이 아닐까.

더욱이 자녀에게 바짝 붙어 있지 말고 때로는 떨어져 있을 것을 권한다. 바짝 붙어 있으면 상대방이 보이지 않는다. 거리를 두고 객관적으로 바라보면 부모와 자녀 사이에 새로운 무엇인가가 만들어질 것이다.

적당히 거리를 두고 자신의 아이를 바라보고 자신이 어렸을 때의 기억을 떠올려보면 아이가 보인다. 반항적인 아이도 자아를 하나씩 쌓아가는 과정이라는 것을 이해할 수 있고 '힘내!'라고 미소 지으면서 생각할 여유가 생길 것이다.

고등학교 시절의 내 동창들을 보면 그 시절에 다른 사람과 다른, 색다른 것을 달고 다니거나 반항적이었던 사람들이 지금 사회적으로 크게 활약하고 있다. 그 당시 이른바 우등생으로 선생님과 부모에게 착한 아이였던 사람들은 발전이 없다. 발전하는 듯 보여도 한번 좌절하면 그 수렁에서 기어나오지 못한다. 어딘가 다르다는 것은 자아의 발로이고 개성의 싹이다.

모두 한 사람 한 사람 다른 개성을 갖고 있다. 그 개성을 키우는 것도 죽이는 것도 부모의 영향이다. 그것을 제대로 키워주면 자녀는 자신의 세계를 만들어갈 수 있다.

'차이'를 없애고 동화시키기만 하고 개성의 싹을 꺾으려고 하는 지금의 교육에는 의문을 갖지 않을 수 없다. 저마다의 차이를 소중하게 생각하지 않는 데서 차별의식이나 왕따문제가 나온다.

타인과 자신의 차이를 소중하게 생각하면 타인도 소중한 존재가 된다.

집안일을 즐겁게 효율적으로 하는 비결

속옷까지 세탁소에 맡기는 주부들

당신은 집안일이라는 말에서 무엇을 연상하는가? 여자라면 누구나 청소, 빨래, 요리 등 일상적으로 하는 일을 생각할 것이다. 그것들은 대부분 주부에게 있어서 기분 좋은 것이 아니다. 밖에서 하는 일과 비교해서 조금도 좋아 보이지 않고 멋없는 일이라고 생각하기 쉽다.

그런 이유 때문인지 전업주부 중에도 집안일을 직접 하지 않고 다른 사람에게 대행시키는 사람이 늘어나 대행업이 붐을 타고 있다.

내가 예전에 다니던 체조교실에서도 부인들의 화제는 어느 회사가 편리한가, 어디 반찬이 맛이 좋은가 였다. 일주일 분량의 메뉴를 짜서 배달해준다고 한다. 그렇게 자신의 일을 다른 사람이 대행해서 남는 시간에 부인들이 하는 일이란 아침 10시부터 저녁 4시까지 사우나에 들어가거나 체조를 하거나 수다를 떨거나 하는 것이다.

자신의 본업까지 내동댕이치고 무엇을 해야 할지 스스로 찾지도 않는 사람이 남는 시간을 주체하지 못해서 매일 체조교실을 다닌다면 아무리 체조를 해도 아름다워지지 않을 것이다.

청소 대행업은 전화 한 통화면 무엇이든 해준다.

심지어 요즘은 팬티 같은 속옷류를 전문으로 세탁해주는 업자가 생겼다고 한다. 빨래는 세탁기로 하면 그만인데, 그런 수고조차도 들이려고 하지 않는 것이다. 세탁물이 크거나 혼자 힘으로 세탁하기 어려운 것은 어쩔 수 없다고 해도 자신의 속옷 정도는 스스로, 아니 자신의 세탁기로 빨아야 하지 않을까.

처음 뉴스를 듣고 이 속옷빨래 서비스를 이용하는 사람은 가족들과 떨어져서 혼자 사는 전근자일 것이라고 생각했지만 뜻밖에도 주부도 있다는 말에 놀라지 않을 수 없었다.

시간이 생긴 만큼 자신을 계발하는데 쓴다면 그것도 이해할 수 있다. 하지만 그런 것이 아니라 대부분은 테니스나 골프 등과 같은 놀이에 들이는 경우가 많다.

자기계발에 시간과 돈을 쓰는 사람은 속옷을 업자에게 맡기는 일은 하지 않는다. 많은 시간을 들이는 것도 아니고 세탁기에 집어넣는 정도의 수고만 들이면 되는 것이다.

주부에게 꼭 추천하고 싶은 '이 방법'

이런 풍조를 예전의 주부들은 도대체 어떻게 볼까. 그들은 프로였다.

여자가 밖에서 일할 수 없었던 시대에 그들에게는 집안이 일터였기 때문에 그곳에서 열심히 살았다. 시어머니를 모시고 불평을 듣지 않기 위해서는 집안일에 한시도 눈을 뗄 수 없었다. 대외적으로는 집안을 지키고 집의 얼굴이라는 생각을 갖고 있던 시대여서 인사를 하는데도 예의를 다했다. 그렇게 교육을 받으며 자랐고 자신도 프로가 되려고 노력했다.

봉건적인 그 시대 여성의 삶이 좋다는 것은 아니다. 전업주부라는 위치라면 마음가짐이라도 흉내를 내서 프로가 되고자 노력해야 하는 것은 아닐까.

노는 것도 일을 하고 있을 때 즐거운 법이다. 자신의 일을 다른 사람에게 맡기고 놀기만 해서는 시간을 허비하는데 지나지 않는다. 일과 휴식에도 활기를 연출할 필요가 있다. 그러기 위해서는 우선 자신의 일을 제대로 해야 할 것이다.

하지만 어떤 불평도 나오지 않도록 집안일을 완벽하게 해야 한다고 말하고 싶지는 않다. 어쨌든 집안일은 범위가 넓다. 의식주를 포함한 생활의 모든 것을 포함하기 때문에 모든 것을 완벽하게 한다는 것은 우선 불가능하다.

나는 집안일 중에서 자신 있는 것, 좋아하는 것을 중점적으로 할 것을 권한다. 다른 일은 대강하더라도 자신이 즐거운 마음으로 할 수 있는 집안일 한 가지를 찾는 것이 좋다. 그것이 집안일을 잘 하는 비결이다.

특히 40대가 되면 자녀들도 간단한 일 정도는 할 수 있는 나이다. 다만 집안일에 쫓겨서 의무감 하나로 억지로 집안일을 하는 것만큼은 그만두었으면 싶다.

이제부터는 집안일도 즐겁게 해보자. 집안일 가운데 한 가지, 그것도 자신이 흥미를 가질 수 있는 것을 중점적으로 해보는 것이다. 넓고 얕게 하는 것이 아니라 좁지만 깊이 있게 하자. 생활 속에서 어떤 것에도 흥미가 없는 사람은 없을 것이다. 흥미를 갖고 있는 것부터 시작해보자.

40대는 그런 의미에서 집안일을 다시 돌아보는 시기다. 지금까지처럼 어쩔 수 없이 하는 것이 아니라, 취미로 해보는 것은 어떨까. 다른 사람과 다른 방법으로 해보자. 궁리를 하고 집안일 속에서 개성을 살려보자. 주부가 하지 않으면 안 된다는 소극적인 생각을 버리고, 집안일을 취미나 여가로 이해하는 것이다.

매일 자신이 하는 일에 흥미를 갖고 개성을 살려보자. 그러면 그 속에서 여러 가지 길이 열린다. 우선 자신의 발밑을 확인하고 그곳에서부터 시작하자. 다른 사람만, 바깥쪽만 부러워해선 안 된다.

'중점주의'에는 파급효과가 있다

나는 집안일 이외에도 일을 하고 있어서 하루의 대부분을 집안일과 일을 하는데 빼앗긴다. 따라서 집안일을 완벽하게 하는 것은 불가능하다. 일을 하는 여자 중에는 일과 집안일을 모두 완벽하게 하려고 하는 사람이 있지만 그것은 쉬운 일이 아니다. 누구나 무엇이고 완벽하게 한다는 것은 불가능하고 어딘가 좀 부족하고 모자란 구석이 있는 것이 정이 간다.

완벽을 가장하는 것은 솔직하게 자신의 삶을 사는 것이 아니다. 아내나 여자, 혹은 어머니라는 역할을 단지 연출하는 데 지나지 않는다. 물론 노력은 필요하지만 완벽주의는 숨이 막히고 무리를 하기 마련이어서 결국에는 파국을 맞는다.

나는 일과 집안일을 할 때 우선 나 자신에 맞추어서 한다. 집안일이나 일에 나 자신을 맞추며 살겠다는 생각은 하지 않는다. 그렇기 때문에 자연히 중점주의가 된다. 평소에는 바빠서 외식도 많이 하고, 아침에는 조금이라도 더 자고 싶어서 아침식사는 간단한 것으로 한다. 그렇다고 인스턴트만 먹는 것은 아니다. 무엇이든 반드시 한 가지는 직접 만들어서 먹는다. 그리고 일주일에 한 번은 가능하면 부부가 함께 식사하는 시간을 만들려고 하기 때문에 그 때만큼은 대강 끼니를 때우기보다는 남편과 함께 장을 보고 정성껏 요리를 만든다.

하지만 사실 나는 요리를 잘 하지 못한다. 손재주가 없어서 예쁘게 썰거나 껍질을 벗기는 것이 서툴다. 그래서 그런 일은 요리를 좋아하고 잘 하는 남편이 맡는다.

내가 자신 있게 하는 것은 인테리어다. 어렸을 때부터 밤을 새워가면서 방을 꾸미거나 의자나 책상의 배치를 바꿔서 질리지 않게 하곤 했었다. 지금 우리 부부가 사는 곳은 아파트로, 상자 같은 하얀 방을 고가구로 꾸며 놓았다. 주거공간을 어떻게 꾸밀까 생각하는 것이 나는 너무 즐겁다. 이따금 일을 제때에 못 마치면 어쩌나 걱정이 될 정도로 좋아한다.

조명과 화분, 다양한 도자기, 오래된 옷장, 쪽빛으로 물들인 가리개 등 내가 좋아하는 것에 둘러싸여서 그것들을 다시 새로운 이미지로 연출한다. 그렇기 때문에 집안의 인테리어에 관한 한 내가 전문이다. 삶의 공간에서 남편이 주도권을 쥐고 있는 곳은 부엌이고, 나는 거실을 꾸미거나 부엌의 식기류를 모으는 것을 맡고 있다.

만약 내가 전업주부라면 인테리어나 주거공간을 꾸미는 것에 대해 공부했을 것이다. 미래의 어느 날 그 분야에서 전문적으로 일을 할 수 있을 정도로 부지런히 파고들지 않았을까 싶다. 아니 틀림없이 그것에 푹 빠져서 업으로 삼아 일을 하고 있을 것이다.

내 친구 중에도 그런 사람이 많다. 과자 만들기를 좋아하는 한 친구는 그 친구만의 독특한 과자를 개발해서 주변 사람들도 무척 배우고 싶어 한다. 40대가 되어 아이들이 성장했을 즈음 과자전문점으로부터 고문이 되어 달라는 부탁을 받았고 과자를 만드는 회사의 사장이 되었다.

전업주부를 다시 돌아보고 즐기는 동안 그런 결과를 얻게 된 것이다. 기왕에 하는 것이라면 의무감에서가 아니라 좋아하는 일을 즐거운 마음으로 하는 것은 어떨까.

그러기 위해서는 다른 것에 최소한의 노력과 시간을 들이는 것도 좋다고 생각한다. 한 가지 즐거운 것을 찾으면 그것이 자극이 되어 시간활용에도 짜임새가 생긴다. 다른 집안일에서도 대강할 것은 대강하고 정성을 들일 것은 정성을 들이자.

자신 있는 '집안일'을 '일'로 한다면—어떤 성공사례

지금 하려는 이야기도 요리 분야의 성공사례이다. 한 친구는 무엇인가 하고 싶어서 처음에는 방송국에서 인터뷰를 하거나 잡지사의 편집일을 도왔다. 그 뒤 40대 중반에 독립해서 출장요리를 시작했다.

원래 요리를 좋아하는 그 친구는 새로운 시각으로 요리솜씨를 살려보고 싶다는 생각을 했고 언니와 둘이 홈 파티나 손님 접대용 요리를 주문받는 일을 시작한 것이다.

값싸고 맛있다는 입소문이 돌아 손님이 늘었고 주문이 몰리면서 함께 일할 수 있는 주부도 모집했다. 그 친구는 이른 아침에 재료를 사들이는 일부터 시작해서 모든 것을 직접 만든다. 어느 틈에 소문이 소문을 낳아서 여기저기서 많은 주문이 쏟아졌다. 하지만 싼 값으로 직접 만든다는 원칙을 지키면서 명절음식을 비롯해서 제사음식과 도시락에 이르기까지 다양한 메뉴를 준비하고 음식을 담는 것까지도 세심하게 신경 쓰고 있다. 그래서 요리를 좋아하는 주부 몇 사람이 모여 출장요리전문점을 내기에 이르렀다.

일을 시작한 지 2년이 되는데, 첫해는 적자였지만 2년째는 적자를 면했다. 3년째가 되는 올해는 흑자가 되기를 기대하면서 어느 때보다 열심이다.

그 친구는 "지금이 가장 즐거워. 방송국이나 잡지사 일보다 이것이 내게 가장 잘 맞아."라고 말한다.

직접 차를 운전해서 요리도 배달하고 손님의 기호에 맞추어서 메뉴도 개발한다.

이것도 집안일을 다시 보고 전업주부의 자리로 돌아가서 자신이 좋아하는 것을 일로 만든 예다.

우리 어머니가 돌아가신 날 차려낸 음식과 49제에 쓰인 음식도 모두 그 친구가 준비해주었다.

살림을 잘 하면 활기가 생긴다

집안일을 즐긴다는 것은 요컨대 자신의 미의식을 생활 속에 살리는 일이다.

나는 인테리어나 일상생활에 필요한 소품 하나, 젓가락이나 밥그릇 하나를 고를 때도 나의 취향을 살려 선택한다. 날마다 쓰는 물건이라고 해서 싸구려를 쓰지는 않는다. 매일 쓰는 것이기 때문에 더더욱 좋은 것, 진짜를 쓴다. 그러면 물건을 소중하게 여기고 자연스럽게 미적 감각이 키워진다. 앞에서 소개한 내 친구는 자신의 미적 감각을 요리에서 살리고 있는 것이다.

삶이 풍요로워졌다면 유명브랜드만 사 모으거나 다른 사람의 흉내를 낼 것이 아니라 자신의 미적 감각을 표현할 수 있는 삶을 사는 것은 어떨까. 40대가 되면 그 정도의 마음의 여유는 가질 수 있을 것이다. 좋아하는 일이 있으면 갱년기 장애에 지는 일은 결코 없다. 조금 괴롭더라도 좋아하는 것은 누구나 열심히 한다.

앞에서 집안일은 한 가지에 포인트를 두는 것이 좋다고 썼지만 그러기 위해서는 연구가 필요하다. 하루 한 가지 일에 중점적으로 많은 시간을 들이고 다른 일은 빨리 끝낸다. 하루에 한 가지를 고급스럽게 연출하는 것도 의미 있는 일이다. 밖에서 파트타임으로 일하지 않더라도, 재즈댄스나 테니스를 하지 않더라도 집안일로 하루를 멋있게 연출하는 일은 충분히 가능하다.

잘 사는 사람이란 그런 삶이 가능한 사람을 말한다. 24시간을 어떻게 쓸 것인가. 우선 좋아하는 일을 하고, 남는 시간으로 다른 일을 하는 것이 일처리도 빠르다.

바쁜 사람일수록 일을 잘 하는 것은 일에 리듬을 붙이는 방법을 알기 때문이다. 배우나 가수와 같이 아름답게 보이는 직업인은 집에서는 가장 편한 잠옷차림을 하고 화장도 하지 않는다. 그렇게 하고 있으면 몰라보는 사람이 많다. 그렇게 자신을 연출하고 또한 쉬면서 생활에 활력을 불어넣어 보자. 쉴 새 없이 외부 사람들에게 보이기 위한 표정을 해서는 피로가 풀릴 틈이 없다.

무엇이든 혼자 하려는 생각을 버려라

집안일에 대해서 말하면 자기 혼자의 연출도 필요하지만 가족의 연출도 필요하다. 주부는 한 집안의 삶을 지휘하는 지휘자다. 그렇기 때문에 집안일도 적당히 각자가 잘 하는 분야를 맡도록 분담하는 것이 좋다. 집안일의 대부분은 아내가 맡는다고 하더라도 남편과 자녀도 각자가 할 수 있는 집안일이 있어야 한다. 이때 가능하면 그 사람이 좋아하는 집안일을 찾도록 도와주는 것이 좋다. 몇 번이나 하는 말이지만 내 남편은 요리를 좋아한다. 그래서 부엌일은 남편이 일하기 편하도록 하고 남편의 취향에 맞추고 있다. 그것이 나의 취향과 다르더라도 불평하지 않는다.

낚시를 좋아하는 사람, 야채 가꾸기를 좋아하는 사람은 대체로 부엌에서 조리하는 것을 좋아한다. 가족이 집안일을 할 때는 적당히 칭찬해주자. 집안의 수리나 정원돌보기 무엇이든 좋다. 무엇인가 한 가지 흥미를 갖는 것이 있기 마련이다. 우리 집 남편은 뒹굴뒹굴하는 것을 좋아한다고 생각할지도 모르지만 아내의 말 한마디로 달라지는 경우도 있다. 귀찮아할 것이 아니라 남편이 가정에서도 즐겁게 일할 수 있는 자리를 만들어주어야 한다. 남편이 자연스럽게 집안일에 참가하도록 만드는 것이 즐겁게 사는 비결이다. 남자의 일, 여자의 일이라는 전통적인 역할분담이 아니라 좋아하는 것을 개성에 맞추어 분담해보자. 그렇게 사는 것이 즐겁지 않을까?

마찬가지로 자녀도 집안일에 참가시켜야 한다. 자신의 방에서 공부만 하도록 할 것이 아니라 가족의 일원이라는 것을 인식시키기 위해서는 무엇인가 한 가지 해야 할 일을 정해주는 것이 좋다. 자녀의 경우에는 자신 있는 것을 찾는 것도 좋지만, 손재주가 있는 아이에게는 무엇인가를 고치도록 하거나 만들게 해보는 것이 좋다. 남자 아이라도 뜨개질이나 바느질을 좋아하는 아이에게는 마음껏 할 수 있도록 해보자.

'남자가 할 일이 아냐.' '여자가 집안일도 못하면 어떻게 해?'라는 말이 아이들의 개성을 얼마나 망치고 집에 있는 즐거움을 빼앗는지 모른다.

나의 남편도 어렸을 때 할머니에게 '남자가 왜 부엌엘 들어오느냐'는 말을 듣고 마음의 상처를 받았다고 한다. 나는 어렸을 때부터 여자가 해야 할 일을 강요받은 일이 특별히 없었고, 좋아하는 일을 하라는 말을 들으면서 자랐다.

스스로가 역할분담을 해야 한다는 의식에 사로잡혀 있으면 반대로 그 생각에 얽매이게 된다. 자신 있는 것, 좋아하는 것을 즐겁게 하면 남편과 아이도 역할분담에 얽매이지 않고 마음껏 좋아하는 일을 생활 속에서 찾을 수 있다. 그렇게 되면 결과적으로 여자도 집안일에 얽매이는 부담을 덜 수 있다.

chapter 3

보다 충실한 하루를 만드는
자신의 '시간 활용법'

부족한 '사회성'을 어떻게 익힐 것인가

남편 이외의 **남성과** 교제하는 법

왜 40대에 미치는가?

마흔을 넘어 사랑에 미치는 경우가 늘고 있다고 한다. 젊은 사람들은 '알만큼 알 나이에 주책이다'라고 말할지 모르지만, 실제로 내 주변에도 연애를 하고 있는 사람이 꽤 있다.

20대에 결혼한 경우 40대가 되면 자녀도 어느 정도 성장해서 자신의 세계와 친구가 있기 때문에 어머니에게 더 이상 의지하지 않게 된다. 이미 이성친구와 깊은 사이이거나 좋아하는 이성친구에 대한 고민을 말하기도 하고, 더러는 쓰다만 연애편지를 발견하기도 한다.

'엄마는 어떻게 아버지와 결혼했어?' '좋아했던 사람은 없었어?'하는 질문을 자녀에게 받기도 한다. 특히 딸의 경우에는 어머니의 젊은 시절 이야기를 듣고 싶어 한다.

그럴 때 잊고 있던 사랑이 눈을 뜬다. '맞아, 내게도 사랑으로 가슴 설레던 날이 있었어. 그런데 지금은……'하는 생각을 하면 슬퍼진다. 남편은 늘 일에 쫓겨서 바쁘고, 어쩌다 쉬는 휴일에는 맥주를 마시면서 야구중계에 푹 빠져 있다. 말을 걸어도 건성으로 '그래' '음'하는 대답이 고작이다.

그러면 불현듯 '어째서 이런 재미없는 남자와 결혼했을까?'하는 생각이 파고든다. 그런 생각까지는 아니더라도 부부가 오랜 세월 함께 지내다 보면 서로의 존재는 공기와 같다. 남자와 여자의 관계가 무너지는 것이다. 서로가 오누이나 친구 같은 느낌이기 때문에 가슴이 설레는 일도 없고 특별한 화제도 없다.

우리 부부도 결혼한 지 이미 20년이 지난 터라 두 사람이 얼굴을 마주하고 있어도 특별한 이야깃거리가 없다. 지금은 남편이 지방에서 근무를 해서 떨어져 살기 때문에 이따금 전화로 이야기도 하지만 생활과 관련된 이야기가 끝나면 기르고 있는 고양이가 화제가 된다. 생각해 보면 내가 기르고 있는 고양이가 내게 있어서는 가장 큰 화제 거리다.

부부사이가 특별히 좋은 것도 나쁜 것도 아니다. 이미 동지 같은 존재여서 남자와 여자의 감정은 더 이상 생기지 않는다. 이 부분이 바로 함정이다. 이런 상태에서 공허한 마음 한 구석에 마음이 끌리는 남자가 나타나면 갑자기 관심을 쏟으면서 미치기 시작한다.

그 남자가 특별히 좋은 남자가 아니어도 외로움을 메우기 위해서 자신도 모르게 끌려간다.

어떤 사람이 가장 위험한가?

거기에 따르는 조건이 한 가지 더 있다. 자신은 이제 젊지 않다는 생각이다. 겉으로 보기에는 아직 젊고 피부의 탄력도 여전하다. 하지만 멋을 부려도 채워지지 않는 무엇인가가 있다. 아직 젊다는 생각과 이젠 젊지 않다는 생각이 교차한다. 마음은 '쉰 살이 되면 더 이상 사랑은 못할 거야. 40대가 한계야.'라고 하면서 마지막 기회를 잡으라고 재촉한다. 지금이 마지막 기회라는 생각에 이끌려서 초조한 마음으로 연인을 갈망한다. '한 번 더 꽃을 피우고 싶다'는 생각도 있다.

40대 여자들이 모여서 하는 이야기를 들어보면 그런 이야기가 상당히 많고 그런 것을 원하는 사람도 있다.

그런 의미에서 40대는 제2의 연애적령기일지도 모른다.

한 번 미치면 끝을 볼 때까지 미치는 것이 이 시기의 특징이다. 본인은 '안 돼, 여기에서 그만 두어야 해.'라고 생각하지만 점차 깊은 곳으로 빠져든다. 그래서 40대의 사랑은 위험하다.

특히 젊었을 때 별로 놀지 않고 부모가 시키는 대로 결혼한 사람이 위험하다. 남자친구도 많았고 연애 경험이 있는 사람은 미치는 정도도 도를 넘지 않고 비교적 냉정하다.

나는 고등학교 시절에도 남자친구가 있었고 대학시절에는 열애 끝에 헤어진 한 남자와 운명적으로 만나기도 했다. 일을 시작한 뒤로는 직장동료를 비롯해서 주변에 남자가 많았고 놀기도 많이 했다. 괜찮게 생각하는 남자는 얼마든지 있었다. 많은 남성들과 드라이브나 식사를 하고 함께 영화도 보았기 때문에 남자를 보는 안목도 있다. 그래서 사랑에는 더 이상 미련이 없다. 사랑에 대한 미련이 없는데다 늘 바쁘기 때문에 외로움을 느낄 틈도 없다.

하지만 젊었을 때 놀지 않으면 미련이 남는다. 그리고 지금 어떻게든 40대에 사랑을 해야 한다는 초조함 때문에 어쩌다 대상이 나타나면 미치고 만다.

이것은 여자도 남자도 마찬가지이다. 젊었을 때 놀지 않은 남자에게 마흔이 지나 좋아하는 여자가 생기면 미치는 경우가 많다.

연애를 할 기회는 얼마든지 있는 것 같지만 의외로 많지 않다.

특히 집안에서 살림을 하는 경우에는 남편 이외의 남자를 만난다는 것은 거의 불가능하다. 주부가 만나는 사람들은 뻔하다. 대개가 남편의 친구가 아니면 남편의 직장동료나 세일즈맨이나 단골집의 점원이다.

나처럼 일을 계속 해온 사람도 만나는 남자는 모두 일을 함께 하는 사람이어서 연애감정에는 빠지지 않는다. 인사하기 바쁘게 일을 시작하고 일이 끝나면 인사하고 헤어지는 것이 전부다. 어쩌다 차나 식사를 같이 하자고 하는 경우도 상대방에게서 뭔가 다른 낌새가 느껴지면 동행하고 싶은 마음이 사라진다. 따라서 기회가 전혀 없는 것과 다를 바 없다.

하지만 집안에 있는 주부들은 밖에서 일하는 것을 부러워하는 것 같다. 밖으로 나가면 뭔가 좋은 일이 있을 거라고 생각하고 파트타임으로 일을 하는데, 그렇게 해서 어떤 작은 기회라도 생기면 쉽게 분위기에 휩쓸린다. 처음에는 가벼운 마음으로 시작하지만 점차 발을 뺄 수 없게 되고 수렁에 빠지고 만다.

그리움이 사랑으로 바뀌는 '동창회증후군'

또 흔한 예는 동창회다. 동창회에서 오랜만에 동창생을 만나면 그리움이 사랑으로 바뀐다. 타다 남은 말뚝에 불이 붙는 식으로

'사실은 그때 널 좋아했어.'라는 말을 들으면 자신도 모르게 그 말에 이끌린다. 그러고 나면 다음에는 개인적으로 만난다. 그리고 성관계를 갖는다.

나도 몇 년 전에 동창회에서 몇십 년 만에 고등학교 시절의 남자친구를 만났다. 고교시절 3년 동안 꽤 붙어 다녔던 사이여서 '그런 일도 있었지'하는 정도의 느낌뿐이었다. 물론 반가움도 있었고 섬유관련회사의 사장으로 일하고 있는 모습도 믿음직스러웠지만 그것뿐이다.

하지만 우리 두 사람의 관계를 알고 있던 친구들은 일부러 우리 두 사람만 남겨두고 자리를 피해주었다. 나는 곤혹스러웠지만 일 때문에 피곤한 상태여서 호텔까지 배웅해주겠다는 말을 거절하지는 않았다. 호텔의 바가 열려 있다면 조금 더 이야기를 하고 싶다고 상대편이 말했지만 바는 이미 끝난 뒤였고 아쉬워하는 그에게 인사를 하고 헤어졌다. 그런 경우 여자 쪽이 잔인해진다.

과거의 일은 이미 끝났다. 우리가 보고 있는 것은 꿈일 뿐이고 현실에는 없다. 아니 현실로 만들고 싶지 않았다.

하지만 그렇다고 해서 내가 '한 번 더 꽃을 피우고 싶다'는 생각을 하지 않는 것은 아니다. 나도 한 번 더 사랑을 하고 싶다. 그렇게 말할 수 있는 것은 이미 불가능하다는 것을 예감하고 있기 때문이다. 단지 바람일 뿐이라는 것을 나 자신이 가장 잘 알고 있다.

젊은 시절에 나는 10년이란 긴 세월을 한 남자만 사랑했다. 그때 나의 생각을 모두 쏟아 부었기 때문에 더 이상 미련은 없다. 그 남자를 다시 한 번 만나고 싶은 생각은 있지만 더 이상 태울 것은 없고 조용히 대화를 할 수 있기 바랄 뿐이다.

'불륜'에도 지켜야 할 매너가 있다

친구 중에 40대에 사랑에 빠진 친구가 있다. 남편과 아이도 있고 직장에서는 능력을 인정받았지만 잠깐 만난 독일인에게 마음을 빼앗겼다. 얼마동안 독일을 오가는 생활이 계속되었고 이혼도 생각했던 모양이지만 어느 틈에 사랑이 끝나고 열기마저 식어 지금은 일에 푹 빠져 있다. 남편과의 관계도 다시 제자리를 찾은 것 같다.

그 동안 부부 사이에 어떤 갈등이 있었는지는 알 수 없지만 틀림없이 두 사람에게 힘든 시간이었을 것이다. 특히 남편 쪽에서 보면 아내가 바람을 피웠으니 남자라는 체면도 있고 분함과 분노가 어지간히 컸을 것이다.

일본은 아직 남성중심의 사회이기 때문에 남자의 불륜에는 관대하지만 여자의 불륜에는 관대하지 못하다. 가령 결혼하지 않은 여성과 처자가 있는 남성 사이의 불륜에 대해서는 별로 말이 많지 않지만, 결혼한 여자가 불륜을 저지르면 세상 사람의 눈초리는 매서워진다.

그렇기 때문에 결혼한 여자가 연애를 할 때는 어느 정도 각오가 필요하다. 최악의 사태를 각오하지 않으면 안 된다. 물론 이혼도 생각해두어야 한다. 스쳐지나가는 바람이라고 생각하는 경우라도 모르는 사이에 빨려들고 만다.

남편이 있고 아내가 있는 경우라면 불륜에도 매너가 필요하다.

그것은 결혼한 상대에게 상처를 주지 말아야 하고 불편을 주지 말아야 한다는 것이다. 불륜은 어떤 일이 있어도 배우자에게 들켜서는 안 된다. 만약 배우자가 그 사실을 알았을 때는 가능한 성의를 보여야 한다. 상대방에게 상처를 주지 않는 배려가 필요한 것이다. 정색을 하면서 상대방을 탓하거나 폭언을 퍼붓는 것은 언어도단이다.

만약 '이 사랑에 걸고 싶다'고 생각한다면

만약 자신의 사랑이 진짜라는 것을 깨닫고 각오를 굳혔다면 그 사랑을 따르는 것도 살아가는 또 하나의 방법이다.

자신도 수긍하지 못하는 상태로 관계를 질질 끌면서 또 한편으로 남편과 원만한 관계를 유지하려고 해선 언젠가는 파국을 맞는다.

만약 사랑에 모든 것을 걸고 싶다면 결혼생활은 더 이상 지속할 수 없다. 그럴 경우 그때까지 오랜 세월 함께 살아온 상대방의 체면을 세워주고 되도록이면 상처받지 않도록 하는 것이 매너 있는 행동이다. 모든 결과가 '자신이 다른 사람을 좋아했기 때문'이고 자신의 탓임을 깨끗하게 인정하는 자세가 필요하다. 그런 자세를 보인다면 상대방도 틀림없이 이해하게 될 것이다. 새로운 사랑을 이루기 위해서는 괴로움을 짊어지고 많은 노력을 기울이지 않으면 안 된다.

사랑은 괴롭고 힘들다. 불륜은 곶감을 빼먹듯 놀이삼아 할 수 있는 것이 아니다. 윤리에 반하는 것이기 때문에 그 나름의 각오가 필요하다. 지금의 사회분위기는 윤리가 붕괴되어 없는 것과 마찬가지다.

예전 봉건시대의 동반자살이나 사랑의 도피는 대부분 여자 쪽은 남편이 있고 남자는 독신자인 경우였다. 윤리에 반하는 일이었기 때문에 죽음을 선택했던 것이고, 죽음을 선택할 정도로 서로가 강하게 이끌린 결과 맞아야 했던 결말이다. 목숨을 걸었던 만큼 사랑도 뜨거웠다.

요즘은 그 정도의 장애나 금기, 윤리는 없다. 다만 결혼을 해서 남편이 있다는 사실이 장애라면 장애가 될지도 모르겠다. 그 장애를 이겨내면서까지 이루고 싶은 열정이 있는가, 없는가? 만약 있다면 무슨 말을 하겠는가? 사랑에 애끓는 것은 멋진 일이다. 마음껏 상대방의 가슴에 뛰어드는 것도 좋을지 모르겠다.

'호감 가는' 남자 친구를 만드는 법

앞에서도 말했지만 최근에는 여자 쪽에서 남편에게 이혼을 청구하는 경우가 많다고 한다. 이런 것이 아니었다, 나는 나 나름대로의 인생을 찾고 싶다, 다시 한 번 나의 인생을 시작하고 싶다…… 그런 생각으로 불륜을 저지르거나 이혼을 하지만 그런 것에는 책임이 따른다는 사실을 잊어선 안 된다. 자녀는 어떻게 되는가, 남편은 어떤가?

최근 사회풍조를 보면 부인이 바람을 피우면 주변에서도 헤어질 것을 권하는 경향이 있지만 헤어지는 것만이 유일한 방법은 아니다. 그 사건을 계기로 다시 한 번 부부가 대화를 나누고 서로를 이해하는 계기로 삼을 수 있다. 동지 같은, 형제 같은 동거인의 관계에서 남자와 여자의 관계로 돌아가는 것도 불가능한 일은 아니다. 요컨대 서로가 그것을 얼마나 진지하게 받아들일 것인가가 문제다.

여자는 한 번 헤어지거나 떠나면 뒤를 돌아보지 않는다고 한다. 총알처럼 한 번 제 자리를 떠나면 처음 있던 자리로 돌아오지 않는다. 증발한 남편은 자식에게 끌리고 아내에게 끌려서 언젠가 돌아오는 경우도 있고, 스스로 돌아오지 않더라도 찾아서 데려오면 원래 자리로 돌아오는 경우가 종종 있다. 하지만 나간 쪽이 여자인 경우에는 행방을 찾을 길이 없고 자식이나 남편에게 끌려서 돌아오는 일은 없다. 마음속으로는 끊임없이 자식을 생각하면서도 뒤를 돌아보지 않는다.

그보다는 지금 있는 행복을 소중히 한다. 여자는 현실적이다. 남자가 남편으로서의 책임이나 사회적인 체면을 생각해서 자신이 해야 할 바를 하려는 것과는 대조적이다.

하지만 요즘은 과거처럼 여자가 학대를 받는 것도 아니고 여자의 지위가 낮은 것도 아니다. 부인 쪽도 자신의 시간을 마음껏 즐기고 있다. 그렇다면 당연히 이젠 여자도 스스로 책임을 다해야 한다는 사실을 자각하지 않으면 안 된다. 바람을 피운 책임은 스스로 질 줄 알아야 하는 것이다. 남편에게 피해가 가지 않게 하는 것이 기본이고 만일 진짜 사랑에 빠졌을 때는 각오를 해야 한다.

패션으로서의 불륜은 좋은 결과를 결코 얻을 수 없다. 사랑은 인간 대 인간, 개인 대 개인의 문제이다. 유행과는 거리가 먼 것이다.

단지 남자 친구나 이야기 상대를 원하는 것이라면 두 사람만의 자리는 만들지 말아야 한다. 남편과 함께 교제를 가져야 하고, 또한 상대방의 부인과도 교제를 가질 수 있어야 한다.

나는 가족이 함께 모이는 친구모임이 몇 있다. 처음에는 나의 동료나 남편의 어린 시절 친구들의 모임이었는데 시간이 흘러 모두 사이가 좋아져서 지금은 함께 식사를 하거나 고민이 있을 때는 의논도 하고 어느 쪽이 어느 쪽의 친구였는지 모를 정도로 가까워졌다.

그렇게 만나는 사람 중 마음이 이끌리는 사람이 있는 것도 괜찮지 않을까 싶다. 만약 자신의 배우자에게 어떤 상처도 주지 않을 자신이 있다면 때로는 '○○씨도 꽤 괜찮은 사람이에요.'라는 말을 자연스럽게 할 수 있을 것이다. 배우자를 크게 신경 쓸 일도 아니고 공평하기 때문에 상대방도 이상한 생각은 하지 않을 것이다.

점차 나이가 들어 분별력이 있을 때 만나는 남자친구는 정말 좋은 친구라고 나는 생각한다. 호감 이상으로 발전시키지 않는 관계를 유지했으면 좋겠지만 살아 있는 인간이니 쉽지 않을지도 모르겠다.

일하러 나가기 전에 생각해두어야 할 일

남편의 이해를 얻으려면 이렇게 하라

요즘 여성들 가운데는 학교를 졸업한 뒤 사회생활을 하지 않고 바로 결혼하는 사람은 찾아보기 어렵다. 게다가 예전에는 이력서의 직업란에 '가사돕기'나 '신부수업'이라고 적는 사람이 있었지만 요즘은 그런 것도 거의 없다. 대부분의 여성이 적어도 한 번은 직장생활을 경험한 뒤에 결혼한다.

현재 40대인 여성들도 직장에서 근무해본 경험이 한 번쯤은 있을 것이다. 그렇다면 경쟁이 치열한 사회 현실이나 직장생활의 어려움을 충분히 이해하고 있을 텐데도 한 번 가정으로 들어가면 사회생활의 어려움이나 괴로움은 잊고 즐거웠던 일, 좋았던 일만 떠올린다.

그런 안이한 생각으로 재취직을 생각하면 큰코다친다. 만약 재취직을 생각한다면 직장을 그만 둔 그 시점에서 재취직을 위한 만반의 준비를 해두어야 한다. 엄밀히 말하면 일을 그만두기 전부터 다음 단계를 생각해두지 않으면 안 된다.

주변에 있는 사람들이 일을 하고 있으니까 자신도 해보겠다는 안이한 생각으로 아무런 준비 없이 재취직을 생각하는 여성들이 있다.

그런 경우 반대하는 남편에 대해서 '우리 집 남편은 이해를 못한다'고 말하는 여성이 많지만, 제1장에서도 쓴 것처럼 그것은 남편이 이해를 못하기 때문이 아니다. 남자는 사회생활을 하면서 진저리가 날 정도로 괴롭고 어려운 일을 수없이 겪었다. 그리고 직장생활에서는 엄격함이 요구된다는 사실도 알고 있다. 그렇기 때문에 반대하는 것이다. 아내가 안이한 생각으로 '일이나 해볼까?'라고 말하는 것에 남편들이 반대하는 것은 당연하다. 남편은 아내가 일을 하러 바깥세상으로 나가서 다른 사람에게 피해를 주는 것은 아닐까 오히려 걱정하고 있는 것이다.

남편은 아내의 일상생활을 보아왔기 때문에 아내를 잘 안다.

텔레비전만 보아서 연예 정보에 밝고 언제나 친구들과 수다를 떨어대는 아내의 모습. 그런 모습을 보아왔기 때문에 어떤 말을 해도 수긍하지 못하는 것이다. 평소에 틈나는 대로 책을 읽거나 진지하게 무엇인가를 모색하는 모습을 보여주었다면 남편도 아내의 말에 귀 기울이지 않을 리가 없다.

'나를 위해 일한다'가 여자의 마음가짐

게다가 재취직을 했을 때는 단지 주어진 일만 해선 재미가 없다. 학교를 졸업한 뒤 아무것도 모르고 일하던 때와 조금은 다른 모습을 보여주어야 한다.

우선 무엇을 위해 일하고 싶은지 체크해보자. 자신의 마음에 물어보자. 융자금을 갚고 싶다, 좋은 옷을 사고 싶다, 아이를 좋은 학교에 보내고 싶다, 어느 것이든 이유가 될 수 있다. 하지만 경제적인 이유만으로 재취직을 하는 것은 무엇인가 부족한 느낌이 들지 않는가.

40대 이후의 취직에서는 조금 더 다른 이유가 필요하다. 그것은 '나를 위해 일한다'는 마음가짐이다. 나는 하루하루를 보다 활기 있게 살고 있다, 어딘가에서 나를 표현함으로써 나를 확인하고 싶다, 사회의 일원인 나의 존재를 느끼고 싶다. 무엇이든 좋지만

'나를 위해……'라는 것이 없으면 취업을 하더라도 별로 재미가 없고 오래 지속하지 못한다.

이 일 정말 힘들어, 힘든 게 한두 가지가 아냐, 라고 불평만 늘어놓는다. 비가 내린다, 바람이 분다고 해서 쉴 정도라면 일할 자격이 없다.

40대 이후에 취직을 할 때는 책임감을 다하려는 자세를 갖지 않으면 안 된다. 아이가 학교를 마칠 정도로 성장하고 부모라도 모시게 되면 책임은 더욱 커진다. 힘들더라도 견디겠다는 마음가짐이나 긴장감이 당신을 아름답게 만든다.

나 자신을 위해 일한다. 능력이 있는 여성들은 마음속으로 그렇게 생각한다. 그것이 남자와 다른 점이다. 남자는 사회나 조직이나 국가나 명분을 위해 일한다. 과장, 부장, 국장과 같은 직함을 위해 일하고 출세하고 싶어 한다. 과거와 달리 요즘 젊은 남성들 가운데는 일은 자신을 위한 것이고 자신의 취미를 위한 것이라고 분명하게 말하고, 출세를 바라지 않는 사람도 늘었다. 하지만 요즘 40대 부인의 남편들은 대개가 대의명분을 따른다.

여자가 자신을 위해 일하고 싶어 하는 것은 좋은 일이다. 대의명분이 없더라도 '좋아서' '재미있어서'라는 이유로 일하는 것은 행복하다. 일을 하는 것은 남편을 위한 것도 자녀를 위한 것도 아니다. 하물며 이웃의 부인을 위한 것은 더더욱 아니다. 다른 것이 아닌 자신을 위한 것이어야 한다. 모피를 위해서도 집을 위해서도 보석을 위해서도 아니고 살아 숨쉬는 자신을 위해서 하자.

일하는 이유를 스스로 분명하게 말할 수 있다면 다음에는 행동으로 옮기자.

그것이 분명하지 않으면 조금 더 시간을 들여 생각해보자. 생각이 확고하게 선 다음에 행동해도 결코 늦지 않는다.

일 하면서 '아름다워지는 사람' '추해지는 사람'―그 차이는

40대에 다시 일을 시작한 여자를 보면 두 부류로 나뉜다.

하나는 누적되는 피로를 풀지 못하고 집에서도 시큰둥한 표정을 짓거나 자녀에게 화풀이를 해대는 사람이고, 다른 하나는 날이 갈수록 활기가 느껴지고 아름다워지는 사람이다. 후자는 일을 시작하기 전에 일을 하면 어떻게 살 것인가를 필사적으로 생각한 사람들이다. 그들에게서는 물을 만난 물고기 같은 활력이 느껴진다.

신문이나 잡지의 구인란에 올려진 구인조건은 젊은 사람뿐이라고 생각하기 쉽지만 자세히 보면 꼭 그렇지만도 않다.

내 친구 중에 종이제품을 생산하는 회사를 경영하는 사람이 있다. 그 친구의 말에 따르면 그 회사에서는 스물여덟 살 이하는 채용하지 않는다고 한다. 그 이유는 젊은 사람 중에는 일을 놀이의 연장으로 생각하는 사람들이 있기 때문인데 스물여덟 살 이상, 특히 30대, 40대가 되면 안심하고 일을 맡길 수 있다고 한다.

민간방송사의 아나운서였던 그 친구는 남편과 함께 종이제품을 생산하는 회사를 시작했고 자신만의 독특한 아이디어로 성공했다. 그 회사에서 일하는 사람은 대부분이 여성이다.

요즘은 큰 회사도 필요한 인재를 그때그때 채용하는 곳이 꽤 있다. 그리고 잡지 편집자나 TV프로그램의 리포터도 꾸준히 공부하고 의욕만 있다면 기회는 없는 것이 아니다.

40대의 취직은 10대, 20대의 취직과 같아선 안 된다. 자신의 인생경험을 살릴 수 있어야 한다.

정사원은 물론이고 임시직으로 일하는 경우도 마찬가지다. 임시직은 적당히 해도 된다는 생각을 갖고 있어서는 자신에게 아무런 도움도 되지 않는다. 임시직도 하나의 일이기 때문에 부지런히 일하고 적절하게 일처리를 하는 노력이 필요하다.

'심심풀이 취업'은 다른 사람에게 불편만 준다

어쩌다 근무태도가 불성실하고 시간을 보내는 듯한 인상을 주는 사람을 볼 때는 경험이 없더라도 젊은 사람이 좋겠다는 생각을 하게 된다.

남편의 전근이 결정된 뒤 냄비와 부엌용품을 마련하기 위해 백화점에 쇼핑을 갔을 때다. 나는 그때 정말 노심초사했다.

그 매장은 40대 가량의 주부들이 맡고 있었고 젊은 사람은 계산대에 한 사람뿐이었다. 그 매장에서 40대 주부를 채용한 것은 부엌용품에 대해 잘 아는 주부의 경험을 살릴 수 있으리라고 생각했기 때문일 것이다. 하지만 어떤 냄비가 좋은지 재질이나 성능의 차이를 물어도 제대로 된 대답을 하지 못했다. 전문가가 아닌 내가 아는 사실조차 모르고 있었다. 나는 하는 수 없이 마음에 드는 물건을 골라서 계산대로 가지고 갔다. 그러자 자신의 손님이라고 그 판매원이 계산대까지 쫓아왔다. 그것까지는 좋았다.

내가 '모두 해서 얼마냐'고 묻자 종이에 써가며 계산하는 것이 석연치 않아 보였다. 아무리 '바쁘다'고 말해도 서두르는 기색도 없이 느긋하게 다른 손님에게 신경 쓰거나 동료들과 수다를 떨었다. 속을 끓이다 결국 계산대의 젊은 사람에게 도움을 청했더니 눈 깜짝할 사이에 사무처리가 끝나고 말았다. 이런 이야기는 어디서나 듣는다.

어렵게 주부의 능력을 살릴 직장을 얻더라도 집안일을 할 때와 마찬가지로 적당히 해서는 손님에게 제대로 된 서비스를 할 수 없다. 직장은 집과 다르다. 아무리 자신을 위해서 일을 해야 한다고 하더라도 멋대로 해선 안 된다. 자신이 해야 할 일을 이해하고 그곳에서 필요로 하는 것이 무엇인가를 살피는 능력이 없으면 오히려 불편만 준다.

돈의 소중함을 깨닫는다─일을 통해 얻는 이점

일을 하거나 밖으로 나갈 기회를 얻음으로써 생활에 리듬이 생기고 전보다 건강해졌다고 말하는 사람들이 있다. 과로는 좋지 않지만 적당한 긴장감은 그 사람을 아름답게 만든다.

나도 어렸을 적부터 몸이 아주 약했지만 일을 시작하고 자립해서 생활한 뒤로는 큰 병을 앓은 적이 없다. 몸이 아파서 직장을 쉰 일도 없다. 물론 아팠던 때가 없었던 것은 아니지만 그것은 대개 일이 한가해서 마음이 느슨해졌을 때뿐이다.

밖에서 일을 해서 얻는 이점을 또 하나 든다면 돈의 가치를 알게 된다는 것이다. 남편이 일해서 번 월급을 통장으로 받았을 때는 감사하는 마음이 조금은 덜하지만, 직접 일을 해보면 자신이 고생해서 번 것이기 때문에 일한다는 것이 얼마나 어려운가를 이해한다.

몇 시간 일해서 이만큼을 벌었다는 생각을 하면 아껴서 써야겠다는 마음도 생긴다. 직접 일해 본 뒤에 비로소 돈을 함부로 쓰면 안 되겠다는 생각도 하게 되는 것이다.

글을 쓰는 경우도 원고지 한 장은 정말 싸다. 원고지의 지면을
착실하게 메워가다 보면 이렇게 고생해서 번 돈이니 한 푼이라도
아껴 써야겠다는 생각을 하게 된다.

그래서 일하는 여자가 씀씀이는 오히려 검소하다. 남편의 월급
에 의존하는 여자들이 값비싼 것을 대수롭지 않게 사들인다. 얼마
나 힘들여서 그 돈을 벌어들이는지 부인들은 그 수고와 감사를
알지 못한다. 자신이 일을 해보아야 비로소 실감할 수 있는 것이
다.

'해주는 것'이 아니라 '나를 위해 하는 것'이 봉사

그리고 반드시 생각해두어야 할 것이 또 하나 있다. 그것은 봉
사활동이다.

일본에서는 봉사정신이 뿌리내리지 않은 탓인지 여간해선 협력
하거나 자발적으로 시간을 제공하려고 하지 않는다.

서구에서는 주부가 해야 할 일 가운데서 가장 중점을 두는 것
이 봉사활동이다. 일주일의 스케줄도 봉사활동을 중심으로 짜고,
남는 시간으로 집안일을 한다.

나는 어떤 미국 은행직원의 부인에게 영어를 배운 적이 있는데,

그의 낮 동안의 스케줄도 봉사활동으로 꽉 짜여 있었다. 그 때문에 내 영어공부 시간을 만드는 것이 여간 어렵지 않았다.

봉사라고 해서 힘든 일을 해야 하는 것은 아니다. 자신이 할 수 있는 범위 내에서 돈이 있는 사람은 돈을 제공하고 시간을 할애할 수 있는 사람은 시간을 제공한다. 그는 복지시설의 아이들을 돌보는 일과 일본에 체재하는 서구인을 위한 '생명의 전화' 상담원으로 일주일 중의 며칠을 할애했다.

그는 그곳에서 많은 사람들을 만나고 여러 살아가는 모습을 보면서 많은 것을 배운다고 했다. 그리고 무엇보다 기쁜 것은 자신이 한 일이 누군가에게 도움이 되고 기쁨을 줄 수 있다는 것이다. '봉사는 다른 사람을 위해 해주는 것이 아니라 자신을 위해 일할 기회를 얻는 거예요.'라고 그는 말한 적이 있다.

호의나 선심을 다른 사람에게 강제로 떠맡기는 것이 아니라 자신이 한 일로 누군가가 기뻐하고 어려움을 이겨낸다. 그런 모습을 보면서 '내가 살아서 도움을 주고 있다. 나도 사회의 일원이다'라고 느낄 수 있는 것이다.

서구에는 기독교 정신이 살아 있다. 그 속에서 봉사 정신도 나오는 것이 아닐까. 일본의 불교에도 상부상조의 정신이 있다. 하지만 그 정신이 알고 지내는 사람들 사이에서만 이루어지고 만난 적이 없는 사람에게 미치지 않는다는 것이 문제다.

게다가 봉사는 돈과 시간이 있는 사람이 하는 것이라고 오해하는 사람들이 있지만 그렇지 않다. 지금 할 수 있는 일을 하면 되는 것이다. 쓰고 남은 것을 기부하는 것이 아니라 자신의 몸으로 봉사하는 것이다.

우리 할머니는 그것을 잘 아는 사람이었다. 눈이 많이 내리는 니가타 현의 낡은 가옥에서 매일 밤늦게까지 새끼를 꼬아 모은 돈으로 집안 형편이 넉넉하지 않은 아이들의 교육비에 보태곤 했다.

옛날 지주의 집이었지만 무엇보다 자신의 몸을 움직이는 것이 봉사라는 것을 알고 있었던 것이다. 물론 시골의 할머니라 봉사라는 말은 모르셨을 테지만 말이다.

봉사는 넉넉한 삶을 만드는 첫걸음

나의 친구와 지인을 보아도 바쁜 사람일수록 틈틈이 봉사를 한다.

그렇다면 아주 평범한 사람은 어떻게 하면 좋으냐고 생각할지도 모르지만 방법은 얼마든지 있다. 노인 간병을 위한 기저귀개기, 독거노인을 위한 식사 만들기, 아이들을 위한 동화 낭독 등 주부의 재능을 살리면서 할 수 있는 일은 얼마든지 있다. 최근에는 전문적인 지식이나 경험이 필요한 일도 있는데, 외국에서 오랫동안 살아서 모국어를 잘 모르는 아이들에게 모국어를 가르치거나 중국의 귀환동포들의 말상대가 되어주는 일, 역시 아이들을 위해 큰 활자의 그림책을 만드는 일 등 아이디어와 창의력을 살린 다양한 활동도 있다. 그런 일에 참가한다면 자신은 지금 어디에 있는가, 하는 존재의식을 스스로 발견할 수 있을 것이다.

나도 아나운서 경력을 살려서 시각장애인들을 위한 낭독을 해본 적이 있지만, 지금은 내가 할 수 있는 새로운 일을 찾고 있다.

쉰 살이 넘으면 솔선해서 다른 사람에게 도움이 되는 일을 찾아서 하라는 말이 있다. 그러기 위해서는 마흔부터 준비해야 한다. 자신이 무엇을 할 수 있는가를 생각하고 할 수 있는 일을 찾아서 30대까지 도망쳐왔던 일에도 눈을 돌리고 다른 사람을 돌보는 일도 해보자. 그것도 자신의 이득을 위해서가 아니라 기쁨을 얻기 위해 일할 기회를 얻는 것이다.

일본인은 가족이나 가까운 사람만 소중하게 여기고 사이가 좋은 사람들의 모임에서는 서로 돕지만 넓은 안목으로 일본 속의 다른 사람, 아니 세계 속의 생면부지의 사람들에게는 눈을 돌리지 않는다. 봉사는 아는 사람을 위해서 하는 것이 아니다. 인종과 국가를 초월해서 자신이 가진 것으로 서로 돕는 것이다.

불특정 다수의 사람들을 위해 일을 해보면 자신도 만족감을 얻

을 수 있고 그 속에서 만나는 다양한 모순이나 문제를 통해서 사
회나 정치, 경제, 국제정세로 자연스럽게 눈을 돌릴 수 있을 것이
다.

이런 **취미**가 당신의 **인생**을 풍요롭게 한다

'좋아하는 것'이 곧 '취미'는 아니다

취미가 뭐냐고 물어오면 나는 선뜻 대답을 하지 못한다. 좋아
하는 것을 들어 음악 감상이나 독서라고 말하는 것은 너무 평범
하게 생각되기 때문이다. 그래서 취미가 뭐냐는 물음에 딱 떨어지
게 대답하는 것은 정말 어렵다.

그것은 취미를 어디까지로 할 것인가, 단지 좋고 싫은 것으로
선을 그을 것인가, 하는 취미의 개념이 명확하지 않은 것에도 원
인이 있다.

흥미를 갖고 조금 해본 것을 모두 취미라고 한다면 나는 내가 몇 가지 취미를 갖고 있는지 셀 수조차 없다. 음악을 예로 들면, 돈을 내고 배운 것만 해도 오페라를 비롯해서 샹송, 가요 등이 있고, 듣기만 하는 것으로 말하면 클래식에서 재즈에 이르기까지 폭이 아주 넓다. 그 외에 그림도 좋아하고 시도 짓고 동인지에도 참가하고 있다. 도자기, 직물, 염색에도 관심이 있어서 구경을 다니거나 좋아하는 것을 모으기도 한다. 몸이 몇 개 있어도 모자랄 정도다.

하지만 그렇게 좋아하는 것도 나이를 먹어감에 따라 조금씩 정리되어간다. 솔직히 정리되어간다는 말보다 정리할 수밖에 없다는 말이 옳다. 일하는 틈틈이 해야 하기 때문에 바쁜 일과에서 좀처럼 시간을 내기 어렵다. 다른 사람의 것을 보거나 읽는 것은 틈나는 대로 할 수 있지만 내가 직접 할 수 있는 시간은 한정되어 있다.

글을 쓰거나 읽는 것이 일이기 때문에 취미라고 말하기는 어렵지만 시를 짓는 것은 말 그대로 취미로 한 달에 한 번 모임에도 나간다.

시를 짓는다고 하면 반드시 묻는 말이 있다. '선생님은 누구냐'는 물음인데 우리 모임에 선생님은 없다. 주변의 센스 있는 사람 몇이 모여 완성된 작품을 골라 감상하는 것이 전부이다. 감상하다

보면 놀라울 정도로 감각적인 작품이 많이 나온다.

선생님이 없더라도 좋아하는 사람들끼리 감각을 키워갈 수 있다. 선생님을 모시는 경우 그 선생님의 버릇만 닮아가는 경우도 있다.

취미는 뭐니 뭐니 해도 즐거워야 한다. 마음껏 자유롭게 숨겨진 재능을 발휘하는 것이 좋은 것이지, 선생님의 흉내를 내서 틀에 끼워 맞추기만 해선 재미가 없다. 물론 기본을 흉내 내면서 배울 수도 있겠지만 어디까지나 취미는 자신이 갖고 있는 좋은 싹을 틔우는 것이라고 생각한다.

또한 그 순간만큼은 다른 것을 모두 잊고 몰두할 수 있는 것이 취미가 아닐까. 적당히 해서는 안 된다. 기왕 하는 것이라면 진지한 자세로 임할 것을 권한다.

정말 하고 싶은 것을 하나만 선택하자

그렇게 하기 위해서라도 취미는 마구잡이로 이것저것 손에 닿는 대로 할 것이 아니라 엄선할 필요가 있다. 젊을 때는 기력과 체력이 받쳐주고 여러 가지를 할 시간적인 여유도 있지만 마흔을 넘으면 기력과 체력이 예전만 못하고 인생에서 남겨진 시간도 줄어든다. 따라서 정말 좋아하는 것, 정말 하고 싶은 것을 하는 것이 좋다.

한 가지나 두 가지, 많아야 세 가지 정도를 골라서 집중적으로 해보자. 한 번 시작한 것은 계속하는 것이 중요하다. 기왕 돈을 들인 것이라면 취미라는 생각으로 적당히 하기보다 즐기면서 열심히 해보자. '좋아하면 실력도 는다'는 말이 있지만 좋아하는 것은 오래 지속할 수 있기 때문에 반드시 한 가지를 선택하는 것이 좋다.

마흔 살이라서 늦었다거나 쉰 살이라서 못한다고 생각할 것이 아니다. 언제든지 시작하고 싶을 때 시작하면 된다. 다만 40대에 시작해두면 계속 이어가기가 훨씬 쉽다. 50대, 60대가 되면 기력과 체력이 더 약해지기 때문에 시작할 에너지가 부족하다. 40대에 시작만이라도 해두면 그것을 계속하는 것은 간단하다. 그런 의미에서 40대는 취미생활의 출발점이고 자신다운 생활의 시작이다.

제1장에서도 쓴 이야기이지만 나는 40대에 힘든 일을 해두자고 마음먹고 마흔여덟 살부터 발레를 배우기 시작했다. 40대에 시작하고 나니 50대가 된 뒤에는 이미 깔려진 궤도를 따라 가는 것과 같아서 큰 어려움은 없다.

기왕 시작하는 것이라면 간단히 할 수 있는 일이 아니라 자신이 정말로 집중할 수 있는 것, 그것도 조금 힘들다고 생각되는 보람 있는 것에 도전해보자.

지인 중에 하루하루의 스케줄을 배우는 일로 가득 채우고 있는 사람이 있다. 오늘은 시, 내일은 붓글씨, 다음 날은 사교댄스, 그 다음은 수영과 영어회화. 그것을 나쁘다고 말할 수는 없지만 지나치게 욕심을 내는 것은 아닌가 싶다. 하고 싶은 것을 집중적으로 하지 않으면 실력향상도 꾀하기 어렵다. 단지 시간만 버리는 일이 되지 않도록 계획을 세워서 하지 않으면 무엇을 위한 취미인지 알 수 없게 된다.

무엇이든 하고 싶어 하는 사람들은 다음에 만나보면 전에 하던 것은 그만두고 또 다른 것을 배우는 경우가 많다. 또한 자신의 의지로 하는 것이 아니라 다른 사람이 하기 때문에 따라하기도 한다. 그런 식으로 하는 것은 취미가 아니다.

40대에 무엇을 시작하면 좋은가?

'좋아하는 것을 하고 싶은데, 좋아하는 것이 없어요. 어떻게 해야 하죠?'라고 말하는 사람이 있다.

자신이 좋아하는 것 정도는 스스로 찾아야지 어쩔 것인가 하는 생각도 들지만, 사실 그렇게 말하는 사람에게도 좋아하는 것이 있다. 잊고 있을 뿐이다. 육아와 살림살이로 10년 넘게 현실에 쫓기다보니 까맣게 잊고 있는 것뿐이다.

나도 그랬다. 일에 쫓기며 사는 사이 가장 하고 싶었던 일이 무엇인지 잊고 있었다. 그러던 것이 어느 날 문득 생각났다. 그것은 쉰 살이 얼마 남지 않았다고 자각하기 시작한 마흔일곱, 여덟 즈음이었다. 나는 쉰 살이 되기 전에 무엇인가 시작하고 싶었다. 어차피 하는 거라면 지금 시작하자고 마음먹고 더듬어 생각해보니 내게도 하고 싶었던 일이 있었다. 나는 중학교와 고등학교 시절 오페라와 발레를 좋아했다.

나는 사춘기 즈음 오페라 가수가 되고 싶어서 대학도 음대를 가려고 생각했었다. 그래서 고등학교 때는 음악을 배웠지만 제1장에서 쓴 것처럼 입시를 앞두고 포기하고 말았다.

방송국에서 일할 때도 가장 좋았던 것은 오페라 등을 중계하는 일이었다. 방송 전의 리허설부터 빼놓지 않고 보았고 방송에서는 게스트를 초대해서 이야기를 듣기도 했다. 그야말로 일거양득이 따로 없었다. 근무 시간 외에는 녹음실에서 음악을 듣기도 했다. 음악회는 거의 공짜로 들을 수 있었는데, 카라얀의 젊은 시절 연주를 들은 것도 그때 들은 것 중의 하나이다.

발레에 대해서도 제1장에서 쓴 대로이다. 내가 발레를 배우기 시작한 것은 마흔여덟 살인데, 좋아하는 것이기 때문에 그만큼 실력이 눈에 띄게 늘었다. 발레는 그 전에 했던 재즈댄스나 사교댄스보다 나에게 맞았다. 오페라는 조만간 꼭 해보겠다는 생각으로 선생님을 찾고 있다.

발레나 오페라를 생각하면 너무나 즐겁다. 언제가 될지 모르지만 토슈즈를 신고 '백조의 호수'를 춤추고 싶다. 그리고 언젠가는 '어느 화창한 날에'를 부르고 싶다. 이런 생각을 하기만 해도 너무 행복하다.

진지한 자세로 임하면 즐거운 인생을 보낼 수 있다!?

내 경우 내가 좋아하는 것은 중학교와 고등학교 시절에 있었다.

가장 감각적이고 감수성이 풍부한 시기, 그때 좋아했던 것이 당신이 가장 좋아하는 것일지도 모른다. 그렇기 때문에 좋아하는 것을 발견하는 한 가지 힌트는 중학교와 고등학교 시절로 돌아가는 것이다. 오랫동안 잊고 지냈더라도 생각날 때 시작하면 된다.

몇 살을 먹든 늦지 않는다. 마흔 살은 취미생활을 시작하는 적령기이다. 용기를 내서 시작해보자. 시도 좋고, 노래도 좋고 그림도 좋고 수예도 좋다. 무엇이든 좋다. 취미를 갖고 있는 사람은 여유 있는 인생을 보낼 수 있다.

여든 한 살에 돌아가신 우리 어머니는 소녀시절부터 시를 좋아했으며, 직접 시를 짓기도 했다. 전후의 뒤숭숭한 시기를 보내면서 좋아하는 일을 잊고 있었지만 어머니는 예순 살을 넘긴 나이에 좋아하던 일을 생각해내고 이따금 시를 읊거나 노트의 한 구석이나 전단지 뒷면에 시를 적곤 했다. 『단가』라는 잡지도 거르지 않고 사보았다. 혼자 살았지만 시를 지으면서 자신을 표현함으로써 외로움을 이겨냈다.

어머니의 시는 언제나 소녀 같았다. 모이면 책으로 내드리겠다고 말했었는데, 뜻을 이루지 못한 채 돌아가셨다.

일상 속에서 자신의 '감성'을 살리는 법

그리고 여기에서 꼭 말하고 싶은 것이 한 가지 더 있다. 그것은 생활 속에서 취미를 생활화하는 것이다. 좀더 구체적으로 말하면 하루하루의 생활 속에서 취미를 살리는 것이다. 자신의 감각을 살려서 가구든 식기든 자신이 좋아하는 것으로 삶을 연출해보자. 조금만 생각하면 얼마든지 가능하다.

나는 도자기나 직물을 좋아해서 가능하면 직접 만들어보고 싶지만 그럴 시간까지는 도저히 만들지 못한다. 그렇기 때문에 다른 사람이 만든 것을 보거나 구입해서 나의 생활 속에서 즐기고 있다.

나는 20년 쯤 전부터 전통 염색법에 매력을 느끼기 시작했고 그때부터 골동품점을 비롯해서 지방을 다니면서 쪽빛으로 물들인 천을 사서 모았다. 예전에는 어느 집에나 있던 흔한 천으로 노렌(상점의 상호를 적어 문 앞에 걸어두는 천-옮긴이)이나 축하용 이불 등으로 쓰였다. 크기가 큰 것도 하나하나 직접 그리기 때문에 똑 같은 것은 하나도 없고 봉황이나 학과 거북, 송죽매 등 문양도 다양하다. 이따금 붉은 색이 들어간 것도 있지만 쪽빛과 흰 색의 조화가 정말 아름답다. 서민들이 즐겨 썼던 면 소재의 염색천에 그려진 소박한 디자인에서 절제된 미를 느낄 수 있다. 내가 부지런히 모으기 시작했던 즈음에는 아직 값이 싸던 때였고, 친구나 지인들은 자신들이 갖고 있던 것을 내게 주기도 했다. 그것들을 나는 벽걸이나 병풍, 족자로 쓰고 있다.

그 후 전통기법으로 염색된 천을 사서 모으는 사람이 늘면서 지금은 값이 뛰어 이젠 가게에서도 찾아보기 어렵다. 민속전시품으로 전시된 것을 볼 수 있을 뿐이다.

전통직물을 모으는 일도 나의 취미를 살린 내 삶의 일부다.

마찬가지로 내가 매일 쓰는 밥그릇이나 젓가락, 국그릇도 모두 일 때문에 지방에 갔을 때 사온 것이다. 미리 조사해두었다가 자투리 시간을 이용해서 도요 등을 직접 방문하곤 한다. 그곳에서 작품을 만드는 사람을 만나 이야기를 하고 차를 마시면서 마음에 드는 것을 한 가지 사는 것이다.

미의식을 키우는 취미

나는 여행지에서 사는 선물은 자신을 위한 것이라고 생각하기 때문에 무엇이든 그 지방에서 마음에 드는 것, 사용할 수 있는 것을 산다. 다른 사람에게 여행선물로 아무리 좋은 물건을 받더라도 그곳을 방문하지 않은 사람에게는 떠올릴 수 있는 것이 없다. 하지만 자신이 다녀온 곳이라면 그 물건을 볼 때 혹은 사용할 때마다 풍경이나 분위기, 이야기했던 사람의 얼굴이 떠오른다.

그렇게 나는 일상의 생활 속에서 여행을 한다. 차를 마시면 그 찻잔을 만든 작가의 얼굴이 떠오르고, 그때마다 그 지역의 풍경이 눈에 선하다.

하나하나 추억이 담긴 물건이기 때문에 소중하게 다루고 오래도록 간직한다.

나는 어렵게 산 것을 상자에 넣어 보관하는 일은 하지 않는다. 가능하면 매일 그것을 쓴다. 쓸 수 없는 것은 여간해선 사지 않는다.

나는 이렇게 생활 속에 나의 감각을 살리려고 애쓴다. 그러는 동안 정말로 좋은 것, 아름다운 것을 발견한다.

하루하루의 일상 속에서 미적 감각을 살리면서 살고 싶고 내가 가진 가치의 기준으로 선택한 것들에 둘러싸여 지내고 싶다.

전후 일본은 경제효율만 생각하여 미의 가치를 잊고 말았다. 미적 감각은 그 사람, 그리고 그 나라의 문화수준이지만 식생활에 보탬이 되는 것도 아니고, 돈으로 환산할 수 있는 것도 아니다. 그런 것을 쓸모없는 것으로 생각하는 사람도 있을 것이다. 하지만 그것은 우리의 삶에서 정말 중요한 인간의 정서나 마음을 만들어 낸다. 취미 생활은 정서교육에 도움이 되고 모르는 사이에 미적 감각을 키워준다.

미적 감각은 부모에서 자녀에게로 전수되기도 한다. 우리 어머니도 그릇을 좋아했다. 매일 사용하는 식기도 좋아하는 것만 사용했고 색상에 특히 신경을 썼다.

어머니는 전통의상을 즐겨 입는 편이어서 돌아가시기 전까지도 시중에서 구입할 수 없는 소품들로 멋을 내곤 했다. 조화를 중요하게 생각해서 소품 하나의 색상에도 많은 신경을 썼던 만큼 기모노 입는 법에 대해서도 다른 사람들에게 조언을 아끼지 않았다.

아버지는 입는 것에 대해서는 크게 신경 쓰지 않는 분이셨지만, 그림을 좋아했다. 군인이 될 수밖에 없는 상황 때문에 군인이 되었지만 화가가 되고 싶었던 소년 시절의 꿈을 좇아 죽을 때까지 그림을 그렸다. 어머니의 영정으로 쓴 초상화를 비롯해서 아버지는 어머니의 그림을 몇 장 더 그렸다.

그런 환경에서 자란 것이 나의 미적 감각을 키우는 원천이 되었다고 나는 생각한다.

취미는 자신의 미적 감각을 키워준다고 해도 과언이 아니다.

문화센터에서 무엇을 익힐 것인가?

'가르쳐 주는 것'만으로는 내 것이 되지 않는다

요즘 문화센터를 찾는 사람들이 많다.

그리고 다른 사람들이 무엇인가를 배우니까 나도 다니지 않으면 안 된다고 생각한 사람들이 너도나도 앞 다투어 문화센터를 찾기에 이르렀다.

물론 공부를 하겠다는 것은 좋은 일이고 몇 살에 시작하든 늦은 것은 아니다. 만약 진심으로 무엇인가를 배우고 싶고 공부하고 싶다면 스스로 적극적으로 참가하는 것이 중요하다. 그러나 수동적인 자세로 단지 자리만 채우면 배울 수 있다고 생각하는 것은 착각이다.

어른이 된 후의 공부와 어렸을 때 배우는 공부의 차이점이 바로 그것이다. 어렸을 때의 공부는 선생님이 가르치는 것을 열심히 받아들이는 것이지만, 어른이 된 뒤에는 경험도 있고 분별력도 있다. 적극적으로 선생님의 것을 자신의 것으로 만들겠다는 정도의 의욕이 필요하다.

사회인들은 종종 대학에 가면 학생이었던 시절보다도 더 열심히 공부할 거라고 생각한다. 스스로 깨닫고 배우려고 하는 것과 학생 신분에서 어쩔 수 없이 배우는 것과는 큰 차이가 있다. 나는 문화센터에서 에세이 반을 맡고 있다.

제1장에서도 쓴 것처럼 내가 그곳에서 하는 것은 수강생들로 하여금 일단 글을 쓰도록 하는 것이다. 집안일을 하면서 글 쓸 기회가 없었던 주부들에게 글을 씀으로써 자기표현을 하도록 유도하고 있다. 처음에 정리되지 않던 문장이 날이 갈수록 다듬어지고 자기 나름의 감각을 살린 멋진 작품을 쓰게 된다.

에세이 반에서 내가 새삼스럽게 깨닫는 것은 수강생 모두에게 저마다 개성이 있다는 사실이다. 한 사람 한 사람의 개성이 모두 다르다. 내가 에세이 반에서 할 수 있는 일은 그들 한 사람 한 사람이 갖고 있는 개성을 키워주는 일이다. 그것이 내 역할이다.

마침표와 쉼표의 사용법이나 조사의 쓰임새 같은 기초에서 글쓰는 법에 이르기까지 하나하나 친절하게 가르쳐줄 것이라고 생각했던 사람들은 내 수업을 듣고 처음에는 당황한다.

그래서 친절하지 않은 선생이란 인상을 주었을지도 모른다. 하지만 나는 내 쪽에서 먼저 무엇인가를 가르치면 그것이 수강생들에게 하나의 틀로 굳어져서 수강생들 각자가 원래부터 갖고 있는 개성을 망칠 수 있다고 생각하기 때문에 수강생 쪽에서 적극적으로 자신들의 생각을 표현해주길 기다린다. 그것을 위한 힌트를 몇 가지 말하면서 말이다.

몇 차례 수업을 거듭하는 동안 내가 말하는 것을 이해해주는 사람들이 몇 생겼다. 그들은 눈빛이 다르다. 자신들이 적극적으로 붙잡으려고 노력한다.

배울 때 수동적인 자세로 임하면 재미가 없다. 수동적인 자세로 가르치는 쪽에서 친절하게 하나하나 가르칠 것을 기대하고 있던 사람은 저절로 떨어져 나갔다. 시간이 지난 뒤에도 여전히 남은 사람들은 정말로 무엇인가를 쓰고 싶다는 욕구를 가진 사람들이다. 글쓰기를 통해서 자신을 표현하고 싶은 사람들이다.

솔직히 나는 1년 정도만 맡은 뒤 강사를 그만두려고 생각했었다. 하지만 모두에게 '무엇이든 적어도 3년은 계속해야 한다'는 말을 듣고 계속하고 있다.

만약 당신이 문화센터에 다니고 있다면 적극적으로 임할 필요가 있다. 질문이 있다면 마음껏 선생님에게 질문해서 자신의 것으로 만들어야 한다. 자신의 의지를 관철시켜야 하는 것이다. 다만 수동적으로 듣기만 해서는 누구를 위해서 다니는 것인지 알 수 없다. 적극적으로 배우면 선생님과 일대일로 대화하고 의견을 들을 기회도 가질 수 있다.

'도움이 되지 않는 것'이 가장 중요하다

다음으로 중요한 것은 무엇을 공부할까, 어느 반을 선택할까이다. 대체로 수강생이 가장 많은 것이 수예와 요리 같이 실용적인 것이다. 물론 요리나 수예도 예술성과 창작성이 있어야 하지만 나는 가능하면 실용적인 강좌보다 지금 당장 도움이 되지 않더라도 마음의 양식이 되는 것을 선택하는 것이 좋다고 생각한다. 오히려 어렵다고 생각하는 것에 도전해볼 것을 권한다.

수필교실이나 그림그리기 등 무엇이든 좋지만 실용적이고 실리적인 것과 거리가 있는 것을 권하고 싶다.

현대인에게 부족한 것은 문명이 아니라 문화다. 문화는 경제효율과 반하는 것, 겉보기에는 쓸모없는 것 같지만 그것이 사람의 마음을 살찌우고 정서를 풍요롭게 해준다. 특히 우리는 전후 경제적으로 효율이 높은 것만을 추구했기 때문에 돈이 되느냐 안 되느냐가 판단기준이 되어 문화에 소홀했다.

최근에는 그런 사회현상을 돌아보면서 마음의 가치를 재조명하고 정서를 중요하게 평가하고 있다. 그것이 문화센터의 붐으로도 이어졌다. 따라서 문화센터에서 무엇을 배울 것인지 선택할 때는 가능한 경제효율과 거리가 먼 가치를 배우는 것도 의미 있는 일이다.

쉬지 말자, 계속하자, 마음껏 묻자!

그리고 한 번 시작하면 쉽게 그만두지 말자. 쉬지 말자.

여자, 특히 주부들은 날씨가 좋으면 놀러가려고 수업을 빠진다. 또 반대로 비가 오거나 바람이 불어도 출석률이 낮다. 내가 강사로 나가는 강연회만 보아도 여성을 대상으로 하는 경우 모이는 사람의 수는 날씨에 좌우되는 일이 많다.

남성의 경우는 그런 일이 거의 없다. 비가 오거나 바람이 불어도 회사에 가는 것이 습관이 되어 있기 때문에 우선 쉬지 않는다. 여성도 날씨를 탓해서 쉬는 것은 부끄러운 일이라는 마음가짐을 가질 필요가 있다.

한 번 쉬면 그만큼 뒤처지기 때문에 그 다음에도 빠지기 쉽다.

그렇게 몇 차례 빠지다 보면 더 이상 계속하지 못한다. 어쩔 수 없는 사정으로 쉬더라도 마음을 다잡아야 한다. 한 가지를 계속하다 보면 처음에는 어렵다고 생각하던 것도 서서히 재미가 붙는다. 40대부터 시작하는 공부는 적극적으로 즐기면서 하자.

어느 대학에서 사회인을 학생으로 모집하자 주부, 특히 40대 주부가 압도적으로 많았다고 한다. 그 일을 계기로 각 대학에서 사회인을 대상으로 한 학생모집이 크게 늘었다. 대학 관계자에게 물어보니 보통 학생들과 비교하면 배우는 자세가 다르고 정말 열심이라고 한다. 그것은 자신이 원해서 배우기 때문이다.

나도 예전에 모교의 대학원 과정에서 특수학생으로 공부한 적이 있다. 국문학과를 졸업했기 때문에 기왕 시작하는 것이니 어려운 고전문학을 해보겠다는 생각으로 선택했던 것인데 공부를 계속하기가 무척이나 힘들었다. 직장에 다니면서 어렵게 시간을 내서 학교에 가면 휴강인 날이 많았다. 때마침 학생운동이 격하던 시기여서 교문이 굳게 닫혀 들어갈 수 없었다. 그런 일이 계속되어 결국 그만둔 것이지만 지금도 계속하지 못한 것이 후회된다.

무엇인가 배우고 있다면 무슨 일이 있더라도 계속할 수 있는 만큼 계속하길 바란다. 어떤 것도 손쉽게 얻을 수 있는 것은 없다. 돈을 버리고 시간을 버리지 않도록 열심히 다니자.

그러기 위해서는 장소도 중요하다. 처음부터 부담 될 정도로 거리가 멀거나 시간 내기 어려운 시간대는 피하는 것이 좋다. 슬리퍼를 신고도 갈 수 있는, 집에서 가까운 곳이 가장 좋다.

나의 에세이 반 수강생들은 대부분이 집에서 30분 거리다. 그 중에는 한 시간 이상 걸리는 사람도 있고, 회사를 쉬고 나오는 사람도 있다. 그런 사람의 열의는 인정하지만 결국은 오래 지속하지 못한다. 가능한 가까운 곳, 쉽게 찾을 수 있는 장소를 선택하는 것도 중요하다. 그리고 시간에 늦지 않도록 해야 한다. 한 번 늦으면 지각도 버릇이 된다.

이해관계가 없고 목적이 같다

문화센터에서 얻을 수 있는 것은 그것 이외에도 또 있다. 친구를 사귈 수 있다는 것이다.

여성의 경우 결혼해서 한 번 집안에 들어가면 새로운 친구를 사귀기 어렵다. 결국 중학교와 고등학교, 대학교 때의 친구가 그대로 유지된다. 물론 학창시절에 사귄 친구들은 새로운 친구에게는 없는 좋은 점이 있다. 우선 믿을 수 있고 부담이 없다. 하지만 새로운 만남이 있고 새로운 친구가 생긴다는 것은 기분 좋은 일이고 세계를 넓힐 수 있다.

문화센터는 많은 다양한 사람들이 찾기 때문에 친구를 사귈 수 있는 좋은 자리다. 나이도 다르고 생활환경도 다르다. 경력도 다양하다. 나의 에세이 반 수강생 중에는 원폭피해를 입은 50대도 있고, 20대의 보육교사도 있고, 이혼을 생각했던 사람도 있고, 독신도 있다. 한 사람 한 사람이 각자 다른 자신의 인생을 살고 있다. 그런 사람들이 한 달에 한 번 모이는 것인데, 그 중에 일흔을 넘긴 한 남성은 모두의 우상이다.

글 쓰는 일은 자신을 내보이는 일이기 때문에 서로의 상처에 대해 알고 배려하는 마음도 갖게 된다. 20대의 보육교사는 원폭피해를 입은 여성이 쓴 에세이를 통해서 처음으로 원폭의 실상을 실감했다고 한다. 자신과 다른 많은 사람들을 만나고 배울 수 있어서 좋았다는 것이 모두의 공통된 생각이다.

문화센터에서 만난 사람들은 서로에 대해 이해관계가 없고 경쟁심도 없다. 그런가 하면 목적이 같아서 허물없이 지내는 것도 빠르다. 나이가 많은 사람에게 인생 상담을 할 때도 있는데, 수업이 끝난 뒤에도 한동안 모두가 둘러앉아서 이야기를 나눈다. 그 중에서도 마음에 맞는 사람들은 전화를 주고받거나 집을 찾아가기도 하고 에세이 반을 그만둔 뒤에도 친분을 이어간다.

앞에서도 말했지만 우리 반에서도 크리스마스에는 모두가 가까운 수강생의 집을 방문해서 차와 과자로 가벼운 파티를 열었다.

우리 어머니가 돌아가셨을 때도 에세이 반 수강생들이 보내준

위로 전보를 가장 먼저 받았고, 몇몇 사람은 장례식에도 직접 찾아와주기도 하였다. 나도 에세이 반에서 몇 명의 친구와 지인을 얻었다.

특히 나이 차이가 많이 나는 사람과 이야기를 할 수 있다는 것이 좋다. 나이를 먹은 사람과 젊은 사람이 함께 섞여 있는 것이 좋다. 평소에 이만큼 다양한 사람을 가까이에서 만나는 것은 여간해선 어렵기 때문이다.

친구로 사귄다면 '눈엣가시' 같은 사람을 사귀어라

나는 그 동안 만난 사람 중에서 특별히 친해진 사람이 몇 명 있다. 나는 그들에게 많은 도움을 받고 있고 즐거운 시간을 보내고 있다.

어머니를 간병할 때도 감기에 걸려 열이 심했던 나를 위해서 매일 그들이 교대로 병원을 찾아와서 어머니를 간병해주었다. 좋은 친구가 있다는 것은 행복한 일이다. 형제보다도 의지가 될 때가 많고 부모나 형제자매가 세상을 떴을 때도 친구가 있으면 슬픔도 덜 수 있다.

마음을 열고 새로운 친구를 만들자. 새로운 친구를 만날 수 있는 곳을 꼽는다면 문화센터가 가장 좋다.

그렇다면 그곳에서 어떻게 좋은 친구를 찾아야 할까? 우선 나는 편하기만 한 친구는 사귀지 말라고 말하고 싶다. 다른 사람의 소문을 말하거나 불평을 들어주거나 마음의 상처를 달래주기만 하는 친구라면 지금까지 사귀어온 친구로 충분하다. 그런 것보다 자신에게 자극을 줄 수 있는 사람, 눈엣가시처럼 저항감이 느껴지는 사람을 선택해야 한다.

그런 사람은 자신이 갖고 있지 않은 것을 갖고 있다. 개성이나 가치관이 자신과 다르지만 마주할 때마다 신선한 놀라움이 있다. 편하다고 할 수 없지만 그 사람과 함께 있음으로 해서 자각이 되고 새로운 세계가 보이기 시작한다.

문화센터는 수다를 떠는 곳이 아니다. 무엇인가를 배우고 무엇인가를 얻는 곳이다. 그렇게 생각하면 자연스럽게 친구를 선택하는 기준도 달라질 것이다.

만일 문화센터에 다니면서 아무것도 익히지 못했다고 하더라도 한 사람의 좋은 친구를 얻었다면 그것으로 충분하다.

우리는 일생동안 많은 사람들을 만난다. 인사만 하고 지내는 사람은 또 얼마나 많은가. 그 가운데 진정한 만남을 가졌던 사람은 도대체 몇이나 될까.

나는 직업상 정말 많은 사람을 만나지만 일이 끝나면 그것으로 끝난다. 진정한 만남이 이루어졌다고 말할 수 있는 사람의 수는

아주 적다. 그렇기 때문에 적은 친구를 소중히 하고, 보다 깊이 있
는 교제를 가질 수 있길 바란다. 아무 말도 하지 않더라도 마음을
헤아릴 수 있는 친구, 많지 않더라도 그런 사람이 재산이다.

마음을 자유롭게 하는 여가법

여가는 '역산법'으로 만든다

여가란 짬, 남는 시간이라는 의미이다. 보통 여가라고 하면 하루에서 집안일이나 자신이 해야 할 일을 하고 남은 시간이라고 생각하기 쉽지만 실제로 그렇게 해서 짬을 만든다는 것은 불가능하다. 왜냐하면 집안일은 끊임없이 생기고 끝이 없기 때문이다. 빨리 끝내려고 하면 빨리 끝나고 시간을 들여 하자면 얼마든지 시간을 들일 수 있는 게 집안일이다.

그렇기 때문에 느긋하게 짬이 날 때를 기다려서는 짬은 영원히 생기지 않는다. 짬은 생기는 것이 아니라 만드는 것이다.

짬을 만들기 위해서는 우선 자신이 쓰고 싶은 시간을 빼야 한다. 우선 24시간 가운데서 취미나 하고 싶은 일을 하는 데 소요되는 시간을 빼고, 남는 시간을 이용해서 집안일이나 반드시 해야 하는 의무적인 일을 하는 것이 효과적이다.

가령 지금까지 집안일을 하는 데 5시간을 들여서 느긋하게 했다면 시간 씀씀이를 바꾸면 똑같은 일을 3시간이면 충분히 마칠 수 있다. 시간활용이 효율적으로 바뀌는 것이다.

무엇인가 하고 싶은 일이 있으면 그것이 자극이 되기 때문에 집안일을 하는 데도 효율적으로 시간을 활용하게 된다. 즐거운 일을 만들어서 의무적으로 해야 할 일을 능률적으로 재빨리 처리하는 것도 집안일을 효율적으로 하는 방법이다.

나는 의리상 어쩔 수 없이 해야 하는 일이나 원고를 쓰는 경우 그 일을 마친 뒤에 할 즐거운 일을 계획해둔다. 오랜만에 대학시절의 친구를 만나 식사도 하고 어떤 때는 좋아하는 오페라를 보기도 한다. 그런 연출을 해두면 일의 진척도가 빨라진다. 즐거운 계획에 맞추어 일을 마치려고 생각하기 때문에 일에 더 열심히 매진할 수 있다.

원고도 마감이 있기 때문에 원고를 마무리 지을 수 있다. 언제 보내든 상관없는 경우에는 일이 손에 잡히지 않는다. 가령 시간이 충분해서 느긋하게 글을 쓸 수 있겠다고 생각할 때가 오히려 밤 늦게까지 매달려도 일이 마무리되지 않는 경우가 많다. 그런 것을 보면 사람은 일을 마친 뒤에 즐길 수 있는 무엇인가가 없으면 일을 하지 못하는지도 모르겠다.

특히 서구인들은 무엇 때문에 일하는가, 라고 물으면 더 잘 놀기 위해서, 생활을 즐기기 위해서라고 대답한다. 일본인은 교육 탓인지 노는 것에 대해 죄의식을 갖고 있는 사람이 많고 일이 좋다고 말하는 일벌레가 많다.

남을 따라하는 것은 누구를 위한 일인가?

최근 젊은 사람, 특히 여성을 중심으로 놀기 좋아하는 사람이 많이 늘었다. 주변을 둘러보아도 실제로 여가를 즐기는 사람이 늘었다.

예전에 비해 많이 달라지긴 했지만 잘 놀지 못한다는 인상은 여전하다. 그것은 적극적으로 노는 자세가 없기 때문이다. 다른 사람들이 황금연휴에 여행을 가니까 자신도 열차를 타고, 차를 타고 여행을 떠난다. 그리고 사람과 차에 둘러싸여 있다가 지쳐서 돌아온다. 이웃집 부인이 테니스를 시작해서, 혹은 친구가 재즈댄스를 배우자고 해서 시작한다. 이처럼 무엇인가를 시작하는 기준이 자신이 아닌 다른 사람인 경우가 많다.

요즘 많은 사람들이 찾는 맛집 하나만 보더라도 마찬가지다. 자신의 입맛에 맞는, 자신이 좋아하는 맛집을 찾으려고 하지 않고 잡지에 소개되었다는 이유로, 혹은 유명하다는 이유로 찾아간다. 결국 매스컴의 정보에만 의지하고 있는 것이다.

사실 매스컴에 소개되는 것은 대부분이 이류나 삼류다. 정말 좋아하는 곳은 비밀로 해둔다. 게다가 그런 가게는 매스컴을 통해서 알고 찾아오는 손님을 별로 반기지 않는다.

나도 맛집을 취재할 때 정말로 맛이 좋은 곳은 소개하지 않는다. 내가 직접 다니면서 찾아낸 맛집 중에는 몰래 감추어두고 싶은 작은 가게가 하나 있다. 부부가 함께 요리하는 그 곳은 자리가 비좁긴 하지만 분위기가 아늑하고 좋다. 나는 그곳의 분위기를 깨고 싶지 않기 때문에 여간해선 다른 사람에게 가르쳐주지 않는다.

맛이 있다고 소문난 집이 손님이 늘어나고 가게가 커져서 지점이 생기면 본래 갖고 있던 그 맛이 점차 떨어진다. 그런 예는 부지기수다.

이야기가 다른 곳으로 흘러버렸지만 요컨대 어디든 맛있는 가게에서 식사를 하더라도 적극적으로 즐길 수 있는 것을 찾아야 한다.

'논다'는 의미인 play의 어원에는 배운다는 의미가 있다고 한다. 열심히 노는 것은 열심히 배우는 것과 같다. 무슨 일이든 즐겁게 열심히 하는 것이 중요하다.

여가는 어느 누구에게도 신경 쓸 필요가 없는 자신만의 시간이다. 그 시간을 어떻게 보내든 자기마음이기 때문에 자신답게 생활의 리듬을 줄 수 있도록 효율적으로 썼으면 싶다. 그러기 위해서는 삶을 잘 연출해야 한다. 아침부터 밤까지 집안일에 쫓기면서 식사준비만 하는 생활은 쳇바퀴를 도는 다람쥐와 다를 것이 없다.

문득 자신을 돌아보았을 때 아무것도 해놓은 것 없이 세월만 지나버렸다는 생각을 하지 않도록 40대에는 현명해지지 않으면 안 된다.

서양과 동양—잘 노는 것은 어느 쪽?

여가를 적극적으로 활용하라는 말을 들으면 곧잘 무엇인가를 하지 않으면 안 된다는 생각을 하게 된다. 특히 우리는 성급해서 여기저기에 욕심을 부린다. 다른 사람이 하는 것은 골프든 여행이든 직접 하지 않으면 성에 차지 않는다.

결국 지칠 대로 지쳐서 여가의 본래 의미를 잃고 만다. 일상생활에서 해방되어 기분전환을 할 수 있어야 하지만 오히려 스트레스가 쌓이는 것이다.

예를 들어 연휴 계획을 물어보면 '첫날은 히로시마에서 보내고 다음 날은 나고야에서 프로야구를 보고 그 다음날은 도쿄 디즈니랜드에 들렀다가 밤에 센다이로 돌아온다'고 말하는 사람이 꽤 있다. 한번에 욕심껏 해보려고 빡빡하게 일정을 짜는 것이겠지만, 그런 스케줄이라면 휴일도 평소와 다를 바 없이 무리를 할 수밖에 없다.

그런 점이 서구인들은 이해가 안 가는 모양이다. 그들은 사람들이 잘 가지 않는 지방으로 가서 조용히 지낸다. 그러면 일주일이든 이주일이든 아무것도 하지 않고 느긋하게 지낼 수 있다. 이것이 바로 휴일을 넉넉하게 지내는 방법이다.

외지인이 많은 피서지, 피한지의 호텔에서 3박 혹은 4박을 하고 온다고 하면 이해할 수 없다는 표정을 짓는다. 어째서 그렇게 서두르느냐고 되묻는다.

인도양에 있는 모리샤스라는 섬은 예전에는 프랑스인들로 붐비던 곳이다. 그때 내가 3박을 계획하고 있다고 하자 모두 이상하다는 표정을 지어보였다. 같은 호텔에서 3박을 한다는 것이 길다고 느낀 모양이다.

하루 종일 호텔에서 지내면서 때로는 풀장 주변에서 일광욕을 즐기고 때로는 나무그늘에서 책을 읽으면서 느긋하게 보낸다. 관광을 다니기 위해 분주하게 나다니는 일은 없다.

여가를 정말 잘 보내는 방법은 그런 것을 말하는 것은 아닐까? 몸과 마음을 새롭게 재충전하기 위해 긴 여름휴가를 내고 매일 느긋하게 우아하게 보내는 것이다.

아무것도 하지 않고 과연 있을 수 있는가, 하는 것도 중요한 점이다. 아무런 목적도 없이 책을 읽거나 산책을 하거나 풍경을 바라보면서 마음을 자유롭게 가져보자.

'뒹굴뒹굴하는 것'도 여가를 보내는 방법!?

아무리 몸을 쉰다고 해도 마음이 쉬지 않으면 해방감은 느낄 수 없다.

그런 의미에서 방에서 뒹굴뒹굴하는 것도 결코 나쁘지 않다. 휴일에 남편이 방에서 뒹굴뒹굴하는 모습을 보면 싫어하는 아내들이 있지만 사실 뒹굴뒹굴하는 것은 나름대로 의미가 있다.

단, 그것도 종류가 두 가지로, 적극적인 것과 소극적인 것이 있다. 뒹굴뒹굴하는 것이 좋아서 적극적으로 그것을 즐기는 것은 좋다. 그러는 동안 무엇인가를 생각하거나 멍청히 하늘을 올려다보면서 기분전환을 할 수 있다. 아무것도 할 일이 없어서 뒹굴뒹굴하는 소극적인 것과는 큰 차이가 있다.

자신의 마음을 응시하는 시간을 반드시 갖자

나는 40대 여성은 혼자만의 시간을 지금보다 충분히 갖길 권한다. 무엇을 하기 위한 것이 아니라 생각하기 위한 시간을 갖는 것이다. 그 시간에 자신의 마음에서 우러나오는 소리를 듣고 자신의 삶을 돌아보자.

혼자가 되는 것을 잊어선 안 된다. 고독을 이길 수 있는 사람은 진짜 자유를 아는 사람이다. 항상 곁에 누군가가 있는 사람은 마음을 쉴 틈이 없다. 아무것도 하지 않고 어느 정도나 혼자서 견딜 수 있는지 시험해보는 것도 재미있을 것이다.

일은 어쩔 수 없이 해야만 하는 것이지만 여유는 자신이 마음 내키는 대로 쓸 수 있는 것이다. 나는 이따금 '현명하게 여가를 보내는 방법'이라는 주제를 가지고 강연을 할 때가 있는데, 그때마다 이런 생각을 해본다. 여가는 자신의 시간이다. 그런 시간을 자신이 결정하지 않는다면 어쩔 것인가. 다른 사람이 가르쳐주는 대로 하거나 다른 사람이 말하는 대로 시간을 보내려고 하는 수동적인 태도가 나는 마음에 걸린다.

요즘 젊은 사람들은 놀기도 잘 해서 관광이나 견학을 하기보다는 한곳에 체제하면서 느긋하게 시간을 보내는 일이 많아졌다. 그곳에서 해양스포츠를 하거나 자전거 타기를 즐긴다. 공기가 좋은 산 오두막에서 책을 읽거나 여유롭게 산책을 하면서 하루를 보낸다. 그런 사람이 꽤 늘었다.

그런가 하면 40대 여성 쪽이 오히려 바쁘게 돌아다닌다. 40대가 되면 그 사람 나름대로 여가를 보내는 방법을 갖고 있어야 되지만 현실은 그렇지 않다.

다른 사람을 흉내 내면서 우왕좌왕하지 말고 곁에서 보기에 의미 없어 보일지라도 자신의 확고한 의지로 자기만의 시간, 혼자만의 시간을 충분히 즐기자.

젊음을 되찾는 '나홀로 여행'

여가를 보내는 방법 중에 여행이 있다. 여행이 멋진 것은 일상에서 벗어나 본래의 자신으로 돌아갈 수 있고, 감수성을 되찾아 다양한 감동을 맛볼 수 있다는 점이다.

하지만 감동할 겨를도 없이 스케줄에 쫓기다 끝나는 여행이 너무 많다. 그런 것은 여행이 아니다. 감동을 느끼는 시간은 아주 중요하다.

여자도 40대가 되면 가족동반뿐 아니라 친구들끼리 또는 혼자 여행을 다니는 시간을 만들어야 한다.

자녀들은 어느 정도 성장하면 부모와 함께 여행 다니는 것을 좋아하지 않는다. 그런가 하면 부부가 함께 여행을 가는 것도 쉽지 않다.

나는 40대 이후에는 이따금 혼자 여행을 떠나도록 권한다. 남편이나 자녀, 친구, 지인이 있는 일상에서 벗어나서 혼자 여행을 떠나는 것이다. 단 하루라도 좋다. 그러면 무엇인가 새로운 발견을 한 것 같은 기분이 들고 젊음을 되찾게 된다.

밤에 숙소로 잡은 호텔에서 혼자 식사를 하다보면 젊은 시절 연인과 둘이 여행 다니던 일이나 실연하고 여행을 떠났던 일들이 떠오를지도 모른다. 시간은 흘렀지만 마음속에 있는 그때의 감정들이 생생하게 떠오를 것이다.

혼자 여행을 하면 많은 것을 깨닫게 된다. 평소에 지나치던 작은 감동에 마음이 들뜨기도 한다. 무심코 오른 절의 뒷산에서 발견한 새빨간 쥐참외나 모내기가 끝난 논의 생동감 넘치는 풍경 하나하나가 감동이 되어 마음속으로 들어온다.

혼자 있어야 그런 시간도 되찾을 수 있다.

일 년에 한 번 정도 자신을 위한 휴가를 정해서 예산을 넉넉하게 잡아 여행을 떠나보는 것은 어떨까. 숙박과 교통비 예산도 가능하다면 여유 있게 책정하는 것이 좋다. 그때만큼은 자녀 문제나 살림살이 걱정을 모두 털어버리고 조금이라도 여유를 갖자. 평소에는 절약을 하더라도 혼자 여행할 때만큼은 자신을 위해서 조금은 사치를 부려보는 것도 좋지 않을까.

전업주부를 가리켜서 '세 끼의 밥과 낮잠이 보장된 직업'이라고 말하지만 사실 전업주부에게는 일 년 365일 중에 쉬는 날이 하루도 없다고 해도 과언이 아니다. 따라서 일 년에 한 번쯤 자신을 위해 쉬는 날을 만드는 것도 40대 주부의 지혜이다. 40대는 어머니도 아내도 아닌 자신의 생활을 확실하게 되찾는 시기이다.

친구들과 함께 떠나는 것도 좋지만 열차 안에서 수다만 떨기보다는 창밖의 풍경을 즐길 수 있는 여유를 가져보자. 장소가 바뀌었을 뿐 평소와 다름없이 수다만 떨고 돌아간다면 모처럼의 여행도 의미가 없다. 친구와 함께 여행을 떠나더라도 열차나 숙소에서 생각할 수 있는 자신만의 시간을 가질 수 있는 연구를 한다면 더 의미 있는 여행이 될 것이다.

감동—젊음을 유지하는 마음가짐

먼 곳으로 여행을 떠나지 못하더라도 하루하루의 생활 속에서 여행을 즐기는 일은 얼마든지 가능하다.

장을 보러 갈 때는 조금 멀더라도 걸어보자. 장바구니가 가볍다면 돌아올 때도 천천히 걸어보자. 나는 장보러 갈 때와 집으로 돌아올 때 같은 길로 다니지 않는다. 나는 그렇게 주변을 어슬렁

거리며 걷는 것을 좋아한다. 그때 나는 마음껏 자유를 만끽한다.

산책을 할 때마다 놀라움과 함께 새삼스럽게 감동이 밀려온다. 감동할 때마다 젊어진다는 것이 내 지론이다. 여행이나 산책은 그런 감동이 있기 때문에 멋진 것이 아닐까. 무엇을 보더라도 감동하지 못하고 다른 사람들과 세상의 눈치만 보고 있으면 자신은 작아지고 더 빨리 늙는다.

40대가 되면 마음의 젊음이 필요하다. 마음의 젊음은 자신의 내면에서 우러나온다.

감동을 소중히 여기는 것은 자신을 소중히 여기는 것이다. 언제나 젊음을 유지할 수 있는 것도 감동을 소중히 하기 때문이다. 40대는 그동안 잊고 있던 감동을 되찾는 시기이다.

chapter 4

50대 60대를 준비하는
나 만들기·미래 만들기
노후를 아름답고 현명하게 살기 위해

30년 앞을 준비하는 체력관리 비결

잔병치레하는 사람일수록 오래 산다!?

마흔을 넘으면 체력이 몰라보게 떨어진다는 말을 자주 듣는다. 내 경우 그것이 확실히 나타난 것은 주량에서였다. 거의 마시지 못하게 된 것이다. 예전에는 '술'이라는 잡지에서도 알아주는 술꾼이었지만 지금은 옛날의 면모를 찾아보기 어렵다.

우선 마시고 싶다는 생각이 아예 없다. 술이 잘 받는 날이라도 주량을 넘어서면 다음 날까지 그 여파가 미친다. 경험이 없는 사람은 숙취의 괴로움을 잘 모를 것이다. 숙취라고 해도 예전에는 대개 다음날 오후 3시를 넘으면 안개 걷히듯 두통이 말끔히 사라졌다. 하지만 지금은 하루 종일 괴롭고 어떤 경우에는 사흘이나 간다. 그렇기 때문에 조심해서 마신다. 그것은 체력이 떨어진 것이 원인이니 어쩔 수 없다. 이런 시기가 지나면 다시 맛있게 술을 마실 수 있다고 말하는 사람도 있으니 그 말에 기대를 거는 수밖에 없다.

어쨌든 어떤 형태로든 건강에 적신호가 온다. 그것을 빨리 알아차리는 것이 중요하다. 몸에서는 다양한 형태로 신호를 보내지만 우리 자신이 알아차리지 못하는 경우가 많다.

제1장에서 갱년기장애에 대해 이야기하면서 언급했지만 특히 주의해야 할 사람은 건강에 자신하는 사람이다. 수면은 하루 4시간이면 충분하다고 하면서 무리하는 사람들이 있지만 그런 상태가 언제까지고 계속될 것이라는 생각은 하지 않는 것이 좋다.

나와 동년배인 한 사람은 건강한 편으로 두통도 어깨 결림도 모르고 언제나 활동적으로 생활했었다. 그런 사람은 체력에 자신이 있기 때문에 무심결에 과로를 한다. 갑자기 주체할 수 없는 나른함을 자주 느껴 건강검진을 받아보니 간이 나빠진 뒤였다고 한다. 갑자기 가슴이 두근거려서 허겁지겁 병원을 찾았더니 심장에 문제가 있었다는 사람도 있다. 이처럼 증상은 다양하다.

건강에 자신이 있는 사람은 조금 괴롭더라도 참기 때문에 그것을 악화시키는 일이 종종 있다.

우리 어머니도 그랬다. 어머니의 이야기도 제1장에서 이미 언급했지만 여기에서는 조금 더 자세히 쓰려고 한다.

어머니는 운동으로 활쏘기를 했던 몸이라 가슴둘레가 굵고 몸도 건강한 편이었다. 폐가 나빴던 아버지를 오랜 기간 간병해서 피로가 쌓인 상태였지만 어머니는 괜찮다고 생각하고 있었다.

하지만 어느 날 갑자기 심장발작을 일으켜서 병원으로 실려 갔는데, 심장 비대와 함께 '좌각블록(방실결절에서 나와 우심실과 좌심실로 향하는 자극전도계에 장애가 생겨서 좌심실로 향하는 자극이 두절된 상태-옮긴이)'증세가 있어서 무리를 해선 안 된다는 말을 들었다. 병원에 입원한 차에 건강검진을 받아보니 당뇨와 고혈압도 있었다. 의사의 얼굴은 그런 몸으로 어떻게 버텨왔나 하는 표정이 역력했다. 가족 중에서도 어디가 아프다, 나쁘다고 말했던 것은 언제나 아버지와 나였고, 그래서 어머니만큼은 건강하다고 우리는 생각하고 있었다.

체질이 건강해서 여든한 살로 돌아가시기 전까지 위도 좋았고 정신도 맑았다. 만약 내가 조금 일찍 어머니의 건강에 신경을 썼다면 그리고 본인이 조금 더 자신에게 신경을 썼다면 발작을 일으키기 전에 손을 써 볼 수 있지 않았을까?

어머니 세대의 여자들은 인내심이 강하고 잘 표현하지 않기 때문에 어머니만큼은 건강하다고 생각하고 무리하더라도 지나쳐 왔던 것이다. 만약 몸이 약했다면 조심하기 위해서라도 조금은 아꼈을 텐데, 하는 후회가 앞선다.

병이 한 가지 있으면 오래 산다는 말이 있듯이 어딘가 아픈 곳이 있는 사람이 자신의 몸을 아낄 줄 안다. 오래 사는 비결은 거기에 있다. 나도 지병으로 편두통이 있지만 그것 때문에라도 무리를 피하게 되는지도 모르겠다.

어버이날은 건강검진 날—일 년에 한 번 자기관리를 하자

40대가 되면 성인병을 비롯해서 건강검진을 받아야 한다고 한다. 실은 나도 바쁘고 번거로워서 제대로 된 건강검진은 받아본 적이 없다. 하지만 일 년에 한 번 검사를 받는다고 정해두면 가능하지 않을까 싶다. 예를 들면 생일을 전후해서 반드시 건강검진을 받는 날로 정해보면 어떨까. 그러면 또 일 년을 부지런히 살 수 있을 것이다.

주부는 자신뿐 아니라 가족 모두의 건강을 생각해야 한다. 가족이 각자 자신의 생일을 전후해서 건강검진을 받는 것도 건강을 챙기는 방법이다. 어버이날을 건강검진 받는 날로 정해두는 것도 좋을 것이다.

특히 부모에 대해서는 끊임없이 생각하지 않으면 안 된다. 몇 번이나 썼지만 우리 어머니도 갑자기 돌아가셨다.

우리 어머니 곁에는 자녀나 형제자매보다 가깝게 지내는 친구가 있었다. 그는 어머니의 죽음에 충격을 받아 입원한 뒤 어머니의 49제 전날에 돌아가셨다. 매일 어머니와 전화로 연락하면서 서로 위로하면서 살았는데 어머니와의 연락이 끊긴 뒤 마음을 추스르지 못했던 것은 아닐까.

노인은 건강한 듯 보여도 사소한 일이 발단이 되어 건강을 해치는 일이 많다. 기분이나 건강을 뒷받침해주기 위해서는 주변 사람들의 도움이 필요하다.

나도 올해부터는 건강검진을 제대로 받으려고 생각하고 있다. 자신의 건강은 스스로 지켜야 한다.

어머니가 돌아가시고 더욱 그런 생각을 하게 된다. 어머니가 살아계실 때는 나를 죽음으로부터 지켜주는 사람이 어딘가 있는 듯한 느낌이 들곤 했었다. 그리고 마음 한 구석에는 어머니보다 앞질러서 내가 죽는 일은 없을 거라는 생각이 있었다.

하지만 어머니가 돌아가신 뒤로는 내 앞에서 나를 지켜주는 이가 없다는 생각이 든다. 죽음은 나를 향해 똑바로 오고 있다. 이제 나를 지키는 것은 나뿐이다. 몸의 건강도 그렇고 마음의 건강도 그렇고 스스로 자신을 컨트롤해야 한다. 그것처럼 쉬운 듯 하면서 어려운 일은 없다.

적당한 식사 · 적당한 수면 · 적당한 운동—건강을 지키는 3대 요소

건강을 관리하기 위해서는 우선 자신의 몸이 보내는 신호에 귀를 기울여야 한다. 자신의 몸 상태를 조기에 체크하고 그것에 대처하는 것이 중요하다.

미국에서는 건강관리에 병적이다 싶을 정도로 신경을 쓰는데, 특히 비만은 젊을 때부터 관리한다고 한다. 육식을 많이 하는 서구인의 경우 비만의 심각성은 동양인에 비교가 안 될 정도이고 만병의 근원으로 인식되고 있다. 따라서 살찌지 않는 것이 무엇보다 중요하다. 미국사회에서는 뚱뚱한 사람은 관리직이 될 수 없다. 그것은 자신의 건강을 관리하지 못하는 사람이라면 다른 사람을 관리하는 일도 제대로 할 수 없다는 생각에서 나온 것이다.

이처럼 건강관리에 엄격해서 회의중에는 담배도 피울 수 없다. 흡연은 담배를 피우는 사람만의 문제가 아니라 옆에 있는 사람에게도 영향을 미친다. 나도 기관지가 약해서 옆에서 누가 담배를 피우기만 해도 기침을 해댄다.

특히 실내에서는 괴롭다. 옆에 앉은 사람이 '담배 피워도 될까요?'라고 물어오면 대답이 궁색해진다. 어쩔 수 없이 '예'라고 대답하는데, 그런 경우 여간하지 않으면 '피우지 마세요'라는 말을 못한다. '담배 피워도 될까요?'라는 말은 언뜻 보기엔 예의가 바른 것 같지만 일종의 압력과 다를 바 없다.

요즘 시대에는 자신의 건강을 지키길 원한다면 다른 사람의 건강에도 신경 쓰지 않으면 안 된다. 그것이 서로가 기분 좋게 살아가는 비결이다.

그리고 평소에 수면과 식사에도 신경을 써야 한다. 나는 수면시간은 가능한 8시간을 취하려고 한다. 그렇기 때문에 부족할 때는 차 안에서도 잠깐이라도 자려고 노력한다. 또한 예전에는 밤에 일을 많이 했지만 지금은 원고를 쓸 때도 가능하면 낮에 쓰려고 노력하고 있다. 인간의 본래의 삶으로 돌아가려고 노력하고 있는 것이다.

식사는 일과에 쫓기다 보면 하루에 두 끼를 먹는 경우가 많지만 어떻게든 세 끼를 모두 먹기 위해서 식사시간이 지나도 찾아 먹는다. 단, 잠자리에 들기 2시간 전에는 아무것도 먹지 않는다. 그리고 집에서 식사할 때는 직접 만들어서 먹고, 장을 볼 때도 만들어 놓은 반찬은 사지 않는다. 식품을 살 때 까다롭게 고르지는 않지만 농가에서 재배한 야채와 계란을 매일 직송으로 받고 있다.

그리고 무엇이든 자신이 할 수 있는 범위에서 하는 것이 좋다.

운동에 관한 것은 앞에서도 이야기했지만 자신이 좋아하는 것을 하는 것이 좋다고 생각하기 때문에 발레 레슨을 일주일에 한 차례 받고 다른 시간은 집의 거울 앞에서 유연체조를 한다. 일 때문에 레슨을 받지 못할 때도 있는데, 가지 못하는 것을 걱정하면 스트레스가 되기 때문에 가능하면 마음을 쓰지 않도록 하고 있다.

운동을 선택할 때도 자신의 몸에 맞는 것을 선택하는 것이 중요하다. 다른 사람이 좋다고 권하는 것이 본인에게도 반드시 좋다고는 말하기 어렵다. 요즘 마라톤이 유행이지만 마라톤을 하다가 목숨을 잃는 사람도 있다. 달리기가 심장에 부담을 주기 때문이다. 어떤 운동이든 자신의 몸에 맞는 것을 해야 한다. 몸에 부담이 된다면 쉬는 것이 좋다. 과감하게 그만두는 용기도 필요하다.

단골병원, 주치의의 좋은 점

건강관리를 하는데 있어서 중요한 것은 평소에 친분이 있는 병원과 의사를 만들어 두는 것이다. 그러면 갑작스런 일이 생겼을 때 어떤 형태로든 도움을 받을 수 있다.

우리 어머니가 평소에 자주 다니던 의사는 독립해서 자신의 병원에서 진료하고 있지만 대학에서 강의도 하기 때문에 긴급할 때 전화를 걸면 바로 대학병원으로 연락을 취해주었다. 그 선생님은 어머니가 심장발작으로 처음 입원했을 때 진찰했던 주치의였다. 어머니는 퇴원한 후부터 개업한 선생님의 병원에 정기적으로 다녔었다.

돌아가시기 전 뇌경색으로 쓰러졌을 때도 밤이었지만 바로 대학병원으로 연락을 해서 친구인 전문의를 연결해주기도 했다.

구급차를 불렀을 때도 원하는 병원으로 바로 갈 수 있다면 안심할 수 있다. 의료 활동에 있어서는 누구나 평등해야 하지만 지금 단계에서는 병원도 의사도 이상과는 거리가 멀고, 안다는 것이 크게 작용한다. 그렇기 때문에 평소에 단골 의사나 병원을 만들어두면 좋다. 그리고 자신에게 지병이 있는 경우에는 어느 병원이 자신에게 가장 잘 맞는지를 조사해두는 것도 중요하다. 만일에 대비해서 연락처를 준비해두는 것도 자신의 건강을 관리하는 일이다.

우리 할머니의 네 가지 장수 비결

우리 외할머니는 위가 약했고 결코 건강한 체질이 아니었지만 아흔 두 살까지 사셨다. 전후 30년 가까이 혼자 살아온 집을 지키며 산 할머니가 평소 늘 하시던 말씀이 있다. 장수하는 네 가지 비결이다.

첫 번째는 일을 하는 것이다. 일은 마음의 버팀목일 뿐 아니라 긴장을 유지하도록 해준다.

두 번째는 고민하지 않는 것이다. 다른 사람과 비교해서 부러워하거나 시기하지 않고 자신의 기분이나 욕심을 다스려야 한다. 그러기 위해서는 강인함이 필요하다. 어제 있었던 일은 어제로 끝내고 오늘 있었던 일은 오늘로 끝낸다.

세 번째는 식사와 식사 중간에는 아무것도 먹지 않는 것이다. 간식을 먹지 않는 것은 건강을 위한 자기관리다.

그리고 네 번째는 무엇인가 믿음을 갖는 것이다. 신앙까지는 아니더라도 자연이든 자기 자신이든 믿는 것이 있으면 마음이 든든하다. 자기 나름대로 철학을 갖고 있으면 의지도 강해진다. 병이 마음에서 비롯된다고 하듯이 정신을 맑게 유지하면 마지막까지 자신의 인생을 관철할 수 있다.

'너무 바빠서 죽을 틈도 없어요'―103세 장수노인의 명언

여류화가의 삶을 그린 『호수의 전설』이라는 책이 있다. 두 아이의 어머니였던 그 여류화가는 30대에 암에 걸려 오른손을 절단해야만 했다. 몸이 회복되면서 그는 남은 왼손으로 연습을 거듭했고 오른손으로 그린 것 이상으로 멋진 작품을 남기고 2년 뒤 죽음

을 맞았다. 마지막 순간까지 그림을 그린 그 강인한 삶의 자세는 가히 감동적이다.

백 살을 넘기고도 건재한 모습을 보여주고 있는 화가 소미야 이치넨 씨는 일흔 살이 넘어 실명했다. 그는 실명하기 전까지는 주로 산을 그렸고 실명한 뒤로는 글을 쓰기 시작했다. 물론 앞이 보이지 않지만 손으로 종이의 크기를 확인하고 딸이 시작할 곳을 알려주면 한달음에 글을 써간다.

그 글을 보는 사람들은 누구나 그의 심안의 경지에 놀란다. 그는 마음의 눈으로 자신이 생각한 문구를 글로 쓴다. 예를 들면, '석산화를 피해 걷다' '새벽 새야 무슨 일이냐' 등과 같은 짧막한 혼잣말이다. 그의 글에 감동해서 나도 몇 개를 사들였다. 그 글을 보고 있으면 용기가 생긴다.

몸의 일부를 못 쓰더라도 정상적인 것을 구사해서 표현할 수 있음을 깨닫는다. 나도 살아있는 동안 표현하는 일을 계속하고 그 의지를 계속 이어가고 싶다.

도쿄에서 가장 오래 산 모즈메라는 국학자는 백육 세로 천수를 다했다. 그가 백삼 세가 되던 해에 내가 인터뷰를 하기 위해 찾아 갔을 때 고타츠(테이블 모양의 난방기구로, 테이블 안 쪽에 난방 장치가 부착되어 있다-옮긴이)에 앉아서 이런 이야기를 했다.

"너무 바빠서 죽을 틈도 없어요."

나도 그렇게 살고 싶다. 마지막까지 흥미를 잃지 않고 감동을 잃지 않고 힘껏 살아서 인생을 구가하고 싶다. 그러기 위해서는 자신을 알고 자신에게 맞는 삶을 살고 자신에게 맞는 건강법을 지켜야 할 것이다.

나는 침을 맞거나 마사지를 받을 때도 나에게 맞는 침술가와 마사지사를 찾는다. 다른 사람에게 아무리 좋은 것이라도 나에게는 맞지 않는 경우도 있기 때문이다.

얼마 전에도 왕성하게 활동하던 현직 여성경영자가 다른 사람이 권하는 민간요법을 받고 쇼크사한 일이 있었다. 사람은 누구나 지푸라기라도 잡고 싶은 마음이 있다. 그런 자기 자신에게도 주의해야 한다.

남편의 정년 뒤에도 보람 있는 삶을 만들어가는 비결

'자신이 번 돈은 자신이 쓰는 것'이 바람직하다

부모가 40대인 경우 자녀들은 대부분 어느 정도 성장해서 대학에 다니거나 사회인으로서 첫발을 내딛는 시기를 맞는다. 자녀가 그 정도로 성장했다면 부모로서의 책임은 일단락지어진다고 해도 좋을 것이다.

그때부터는 자녀가 빠진 부부의 인생을 생각할 때다. 남편과 둘만의 즐거운 노후를 연출해보자. 부모라면 마음속으로 자녀에게 재산을 물려주어서 자녀가 고생하지 않고 살기를 바랄 것이다.

하지만 자녀는 아직 젊고 스스로의 힘으로 인생을 만들어 갈 수 있다. 섣불리 부모가 재산을 물려주면 자식들 사이에 재산분쟁이 일어나거나 재산 때문에 일을 하지 않는 등 문제점이 적지 않다.

자신이 번 돈은 자신이 쓰는 것이 가장 좋은 방법이 아닐까. 내 집 마련이 어려운 시대이니 자녀들에게 집이라도 있으면 도움이 되겠지만 그것도 때로는 분쟁의 원인이 된다.

나는 우리 어머니에게 어머니가 원하는 삶을 사시도록 언제나 말했었다. 나에게 아무것도 물려주지 않아도 좋으니 전부 당신을 위해서 쓰거나 당신이 생각하는 곳에 기부를 하면 좋겠다고 생각했다.

부모의 입장에서는 그렇게 할 수 없었던 모양이지만 나는 그렇게 하는 것이 오히려 마음이 편하다. 이런 말을 하면 나에게 수입이 있기 때문이라고 생각할지도 모르겠다. 하지만 나는 자신이 먹고 살 것은 자신이 직접 일해서 벌어야 한다고 생각한다. 다른 사람에게 의지해서 살아선 안 된다. 내가 지금까지 일을 계속 할 수 있었던 것도 그런 생각을 해왔기 때문이다. 적어도 다른 사람의 것을 마음에 둔 일은 없다. 남편이 있지만 몸이 건강하고 일을 할 수 있는 한 자신의 생활비는 스스로 벌어야 한다고 생각하고 있고 앞으로도 그렇게 살고 싶다.

전업주부의 경우 돈을 벌지 못하는 것을 마음 쓰는 사람이 있을지도 모르겠다. 하지만 그럴 필요는 없다. 주부도 훌륭한 직업이고 가정은 남편과 아내가 함께 만들어가는 것이기 때문이다. 재산은 자신들 부부의 노후를 위해 쓰는 것은 어떨까. 앞으로 남겨진 남편과 두 사람의 생활, 특히 남편이 퇴직하고 자녀가 독립한 다음의 삶을 생각하면서 준비하자.

노후의 삶을 자녀에게 기대하지 않는다

자녀가 성장해가는 시기에는 방도 여러 개 필요하지만 두 사람만 남았을 때는 집을 줄이는 것도 필요하다. 퇴직한 뒤에는 직장 가까운, 그때까지 살아온 집에 계속 살 필요는 없다.

지인의 부부는 최근 앞으로의 생활에 맞추어서 작은 집으로 이사했다. 집이 크면 경비도 많이 들기 때문이다. 두 사람이 사는데 쾌적한 집이면 된다.

또한 두 사람의 생활을 생각할 때 빚은 가능하면 적은 것이 좋다. 은행은 얼마든지 돈을 빌려준다. 하지만 그것은 반드시 갚아야 하는 돈이고 이자도 적지 않다. 젊을 때라면 사는 동안 얼마든지 갚을 수 있지만 40대, 50대가 되면 끝이 보이기 시작한다. 자신의 힘에 부치는 무리한 빚은 지지 않는 것이 좋다. 빚이 있으면 더 일을 하게 된다고 하지만 그것이 부담이 되어선 안 된다.

모르는 사이 커진 씀씀이를 조금씩 줄이고 필요한 것으로 줄여 가는 지혜가 40대에는 필요하다. 필요 없는 것은 정리해보자. 하지만 남편과 둘만의 인생을 즐기기 위한 것은 때로는 사치를 부리는 것도 좋다. 부부동반으로 외식을 한다거나 음악회를 찾거나 하는 등의 즐거움은 아낌없이 가져볼 것을 권한다.

노후를 어떻게 보낼 것인가에 대해서 남편과 많은 이야기를 나누는 것도 필요하다. 두 사람이 유료 양로원에 들어가는 것도 괜찮고 자녀와 따로 사는 것도 괜찮다. 같은 대지 내에서 두 세대가 함께 살 수 있는 집을 생각해보는 것도 좋다. 자신들이 나이가 들었을 때의 생활에 대해 조금씩 분명하게 그림을 그려둘 필요가 있다.

두 사람이 살기 위해서는 물가상승을 어림잡아 대략 어느 정도 비용이 들어갈지, 그 돈을 어떻게 준비할 것인지 생각해둘 필요가 있다.

적어도 자녀가 자신들을 보살펴 줄 거라는 생각은 애초에 하지 말아야 한다. 설사 자녀가 그렇게 말하더라도 자신을 위해서나 자녀를 위해서나 일단은 독립된 생활을 생각해두는 것이 좋다. 그런 다음 운이 좋아 함께 살게 된다면 그것도 좋을지 모른다. 하지만 기대하고 있었는데 그 기대가 어긋난다면 그것은 또 얼마나 괴롭고 슬픈 일인가. 자녀에게는 아무것도 기대하지 말아야 한다. 그렇게 살겠다는 의지가 필요하다.

　나이를 먹은 뒤의 자립은 정신적으로나 경제적으로나 중요하다. 나이를 먹은 뒤에 새롭게 빚을 지지 않더라도 갚아야 할 융자금 등이 남아 있으면 앞날이 불안할 것이다.

　아내가 40대인 경우 남편은 40대에서 50대로 왕성하게 일할 시기다. 직장의 지위도 높고 수입도 어느 정도는 보장된 시기다. 그렇다고 해서 기분 내키는 대로 돈을 써댄다면 나중에는 감당하기 어렵게 된다. 마음을 다잡고 10년 뒤, 20년 뒤를 내다본 인생 설계를 세워야 할 것이다.

재산은 얼마나 필요한가?

　재테크 붐이라고 해서 누구나 재산을 불리는 일에 관심을 쏟는 것 같다. 주식을 사고 아파트를 사고 토지를 사들인다. 그런 현상을 보고 있으면 황금만능주의로 치닫고 있다는 생각을 지울 수 없다. 언제부터 그런 분위기가 만연해진 것일까.

　'무사는 먹지 못해도 이를 쑤신다' '가진 돈을 그날로 다 써도 내일을 걱정하지 않는다'고 하던 자부심은 어디론가 사라져버린 것 같다.

　인간의 삶에는 돈의 가치로 잴 수 없는 것이 있다. 그것이 마음이고 문화다. 자신의 확고한 생각을 갖고 돈에 좌지우지되지 않는 삶을 사는 것은 어떨까 싶다.

하지만 사람은 먹지 않으면 살 수 없다. 과거 가난한 삶 속에서도 상부상조해서 간장이 없으면 빌려주고 빌려 썼지만 쌀만큼은 빌리지 않았다고 한다. 그 이유는 마지막에 목숨을 지키는 것이 쌀이기 때문이다. 그런 것까지 다른 사람에게 폐를 끼쳐선 안 된다.

현대에도 다른 사람에게 폐를 끼치지 않고 자신의 삶을 지켜갈 수 있는 준비가 필요하다.

만일을 생각해서 자신들 가족이 먹고 살 수 있는 것은 확보해 두어야 할 것이다. 그 정도의 지혜는 필요하다.

그러기 위해서는 경제나 정치에도 관심을 가져서 세상이 어떻게 돌아가는지를 살필 수 있어야 하고, 미래가 어떻게 바뀔지 앞날을 전망할 수 있어야 한다.

우선 신문을 읽자. 남성은 아침에 일어나면 습관적으로 신문을 읽는다. 어렵다고 생각하겠지만 여자도 반드시 읽어야 한다. 텔레비전의 뉴스로 알고 있더라도 텔레비전으로 본 것은 듣고 흘려버리기 쉽기 때문에 활자로 한 번 더 확인해 둘 필요가 있다. 지면을 훑어보기만 해도 상관없다. 반드시 매일 아침 신문을 읽는 습관을 들이자. 세금이나 땅값의 상승 등과 관련된 기사를 읽으면서 어떻게 이 시대를 살아가야 할지 생각해보자.

그런 의미에서는 주식을 사는 것도 좋다. 주식은 사회에 눈을 돌리는 데도 많은 도움이 된다. 투자비용이 아무리 적더라도 주식을 사면 값이 오르고 내리는 것이 신경에 쓰여서 신문에서 주가를 살피고 경제면에 관심을 갖게 된다고 한다.

현명하게 사는 것이 현명하게 저축하는 길

나는 자신이 먹고 살 최소한의 돈은 확보해야 한다고 생각한다. 그리고 가능하면 자신이 좋아하는 것, 아름다운 것을 즐길 금전적 여유를 가질 수 있기를 바란다.

돈을 모을 필요가 있다고 생각하지만 먹고 싶은 것을 먹지 않고 즐기지도 않고 오로지 모으기만 하는 것은 내 인생관에서는 생각할 수 없는 일이다.

돈을 모으려면 그와 더불어 잘 쓰는 것도 필요하다.

언젠가 강연을 하기 위해 방문한 곳에서 멋진 항아리를 발견했던 적이 있다. 비쌌지만 탐이 나서 결국 사고 말았다. 그날 일해서 번 돈이 고스란히 들어간 것이다. 평소에는 돈을 함부로 쓰지 않지만 때로는 그렇게 모두 쓸 때도 있다. 그러나 좋아하는 것을 매일 바라볼 수 있으니 마음은 그렇게 좋을 수 없다. 게다가 생각지도 않았는데 결과적으로 그것이 가치가 생겨 재산이 되는 경우도 있다.

나는 무엇인가를 살 때 충분히 음미하고 좋은 것, 좋아하는 것만 산다. 싸다고 해서 찔끔찔끔 사들이지 않는다. '싼 게 비지떡'이라는 말이 있듯이 역시 좋은 것을 사두면 나중에 생각지도 못했던 가치가 생긴다. 아파트 하나도 그런 생각으로 1년이든 2년이든 찾아다닌다. 타협하지 않는 것이다. 그리고 마음에 드는 것이 있으면 바로 사들인다. 그것이 결과적으로는 희소가치를 얻어 값이 오르기도 한다.

나는 나의 취미와 이미지를 고려해서 물건을 산다. 마음에 드는 것이 없으면 사지 않는다. 그것이 생각지도 못한 곳에서 좋은 결과를 얻는 경우가 많다.

하지만 그림을 재테크의 수단으로 사는 것을 나는 이해할 수 없다. 자신이 정말로 좋아해서 푹 빠져서 산 그림의 가치가 결과적으로 올라간다면 이해하겠지만, 애초부터 돈을 벌겠다는 생각을 갖는 것은 좀처럼 이해하기 어렵다. 그렇게 해서 인생이 즐거울지 의문이다.

40대가 되어 저축을 생각할 때는 여유를 가지고 즐기는 마음으로 낭비를 줄이면서 하는 것이 어떨까 싶다. 이미 주부로서의 생활, 여자로서의 삶을 몇십 년 경험했다. 그만큼 현명해지자. 세일하는 곳을 찾아다니면서 값싼 것을 살 것이 아니라 좋은 것을 사는 지혜를 익혀보자. 그러기 위해서는 나름대로 좋은 것을 찾는 안목을 키워야 할 것이다.

'어느 날 갑자기 미망인이 된다면…'―마음 한 구석에서 생각해두어야 할 일

최근 부고를 듣는 일이 많다. 그것도 나이든 사람뿐 아니라 40대, 50대의 부고가 많다. 어제까지도 건강하게 일하던 사람이 죽는가 하면, 퇴원을 며칠 앞두고 갑자기 죽는 사람도 있다. 정말이지 한창 일할 나이의 사람들의 죽음이 많다.

그 이유는 확실히 알 수 없지만 과로나 간경화, 심장발작, 암 등 병의 종류도 무척 많다. 게다가 요즘 40대, 50대는 전후 물자가 부족하던 시대에 영양도 제대로 섭취하지 못하고 자란 세대다. 체질이 약한 탓인지도 모른다. 장수사회라고 하지만 앞으로도 평균수명이 길어질지 어떨지 알 수 없다. 생각하고 싶지 않은 일이지만 남편이 갑자기 죽는 일도 있을 수 있다. 지금 우리 앞에도 그런 예는 얼마든지 있다.

만약 생각지도 못했던 일이 일어나면 어쩔 것인가. 깊이 생각해볼 필요가 있다. 물론 부인이 먼저 세상을 뜨는 경우도 있지만 수적으로 말하면 남편이 먼저 세상을 뜨는 경우가 많다. 혼자 남았을 때 어떻게 살아갈 것인가. 정신적인 면에서나 경제적인 면에서 생각해둘 필요가 있다.

우선 정신적인 면은 그 일을 당하지 않으면 알 수 없는 경우가 많기 때문에 평소에 생각해두더라도 정말 도움이 될지는 알 수 없다. 하지만 혼자 생각하고 판단하는 습관을 들이는 일은 중요하다. 남편이 없으면 아무것도 하지 못하고 무엇이든 남편과 의논해서 결정하거나 남편의 생각에 따르기만 하는 경우에는 혼자가 되었을 때 큰 혼란에 빠진다. 물론 부부는 사이가 좋아야 하지만 두 사람의 생각이 다른 것은 당연한 일이고 가치관이 다른 것도 충분히 있을 수 있는 일이다. 평소에 아내도 자신만의 생각, 사고를 키울 필요가 있다.

그리고 경제적인 면에서는 꼼꼼히 준비해둘 필요가 있다.

갑자기 남편이 세상을 뜬 경우 집도 절도 없어 방황하는 형편이 되어선 안 된다. 평소에 씀씀이를 줄여서 저축을 하고 생명보험 등으로 위급한 일에 대비하는 준비를 해두는 것이 좋다. 어쨌든 당분간 견뎌낼 수 있는 현금을 확보할 수 있어야 한다. 그런 뒤에 앞일을 생각할 수 있다면 조금은 마음이 놓일 것이다.

남편이 세상에 없더라도 혼자 살아갈 수 있는 수입원을 갖고 있다면 마음은 든든하다.

20대, 30대라면 얼마든지 일을 찾을 수 있지만 요즘 40대, 50대가 되면 그만큼 선택의 폭은 줄어든다.

일이 닥쳤을 때 여자는 강하다

내 지인 가운데 40대에 남편을 잃은 이가 있다. 그는 남편의 죽음 뒤에 용기를 내서 마사지사 자격증과 예절교육사 자격증을 따서 훌륭하게 혼자 힘으로 살아가고 있다.

남편에게 의지해서 살던 때보다 자신이 일해서 번 수입으로 사는 지금의 삶이 마음은 더 가볍다고 말한다. 물론 남편을 잃은 슬픔은 지금도 여전하지만 혼자 사는데 자신이 생겼다고 한다. 자녀들도 이미 대학을 졸업해서 더 이상 돈이 들지 않는다. 자신의 인생에 후회가 없도록 열심히 일하고 즐겁게 사는 것을 남편도 저승에서 기쁘게 보아줄 것이라고 말한다.

여자는 용감하다. 생활력도 있고 잠재적으로는 여자가 강하다.

아내가 먼저 세상을 뜬 남편의 경우 일상생활도 제대로 하지 못하는 경우가 대부분이어서 더없이 비참해 보인다. 나이 든 부부의 경우 아내가 죽으면 뒤를 쫓듯 남편도 따라 세상을 뜨는 경우가 많다.

하지만 여자는 자기 일은 스스로 할 수 있기 때문에 남편이 먼저 세상을 뜨면 한동안은 슬픔에 젖어있지만 2, 3년 지나면 활기를 되찾고 때로는 그 전보다 더 생기 있게 살아간다. 남편을 신경 쓸 일도 없고 자녀 때문에 참아야 할 일도 없다. 그렇기 때문에 자유를 만끽하면서 좋아하는 일을 한다. 남편의 사후가 자신의 인생에서 가장 자유로운 시기라고 생각하는 사람도 많다. 몇 번이나 말하지만 여자는 생활력이 강하다. 자신감을 가져야 한다. 갑자기 일이 닥쳤을 때 다시 일어나서 열심히 사는 것도 여자 쪽이다.

미래를 설계한다고 하면 미래에만 눈을 돌려서 탁상공론이 되기 쉽다. 미래도 결국은 현재의 계속, 지금 하고 있는 일을 계속해 가는 것이다.

미래에 대한 전망을 말하는 일이 많지만 미래는 어느 날 갑자기 오는 것이 아니다. 미래는 지금이라는 시간의 연속이다. 미래에 잘 산다는 것은 지금을 얼마나 잘 사는가에 달려 있다. 자신이 놓인 위치에서 지금 이 순간을 열심히 살자.

언제나 젊게 사는 비결

더 이상 낭비할 시간이 없다

40대를 지나면 세월의 흐름이 빨라진다. 10대, 20대에는 1년이 좀처럼 지나지 않는 것처럼 생각되지만 30대를 지나고 40대가 되었을 즈음부터는 시간의 흐름이 뚜렷하게 달라진다.

나는 이미 쉰을 넘겼지만 1년이 눈 깜짝할 사이에 지난다. 세월에 날개가 돋아 날아가고 있는 듯한 느낌이다.

그런 느낌은 누구나 갖고 있어서 좀더 나이를 먹으면 더 빠르다고 느낀다. 그렇기 때문에 넋을 놓고 살 시간이 없다. 아침, 점심, 저녁의 일상을 쫓아가는 나날 속에서 세월이 흘러간다. 그렇기 때문에 목표를 세워서 자신이 하고 싶은 일을 중점적으로 해둘 필요가 있다.

나는 일을 계속 해왔지만 의뢰받은 일을 마치기까지 상당한 시간이 소요된다. 의뢰받는 일 중에는 하고 싶지 않은 일도 있다. 젊었을 때는 그런 일도 하는 동안 재미가 붙어서 몰두할 수 있었지만 앞으로는 내 의사로 선택하고 만들어가지 않으면 안 된다고 생각하고 있다. 시간이 하루가 다르게 흘러가고 있는 것이다. 마음이 내키지 않는 일은 거절하고 정말로 해야 할 일에 힘을 쏟아붓고 싶지만 나는 거절을 못해서 의뢰가 들어오면 일을 그대로 맡고 만다. 그렇기 때문에 어느 한 가지를 중점적으로 하지 못한다. 만약 거절해야 할 일이 있다면 마음을 단단히 먹고 거절해야겠다. 그런 강인함을 기르는 것도 앞으로 내게 주어진 과제일 것이다.

주부도 마찬가지다. 부인들이 모여 수다 떠는 자리에 언제나 낄 필요는 없다. 앞으로 시간은 화살처럼 지나간다고 각오해두는 것이 좋다. 거절해야 할 일을 거절하지 않으면 자신의 시간을 갖기는 더 어려워진다. 인생이 80년이라고 하면 쉰 살부터 30년이 더 있지만 스무 살부터의 30년과 쉰 살부터의 30년은 전혀 다르다. 30년이라는 시간은 같지만 살아가는 사람의 느낌은 전혀 다르다. 무엇을 하든 능률이 떨어지고 자신이 생각하는 대로 뜻대로 이루어지지 않는다. 젊을 때 들이던 시간의 배는 들여야 한다. 그렇기 때문에 더 이상 낭비할 시간이 없다.

40대의 삶이 명암을 가른다

이런 말을 하면 아직 힘이 남아 있으니 나는 괜찮다고 생각하는 사람이 있을지도 모르겠다. 하지만 내가 말하고 싶은 것은 40대에 필요 없는 것을 거절하는 습관을 들이지 않으면 그것에 질질 끌려가게 된다는 것이다.

만약 40대에 자신의 인생에서 이것은 중요하다, 이것은 거절해도 좋다는 판단을 할 수 있다면 단지 흘러만 가는 것이 아니라 조금씩 '자신'을 다시 찾을 수 있다. 하지만 40대에 다른 사람의 소문이나 연예인만을 화제 거리로 시간을 보내면 끝도 없이 휩쓸려 다니다가 인생을 마감하게 된다. 그 경계가 40대다. 그런 의미에서 40대를 어떻게 살 것인가 하는 것은 그 사람의 앞으로의 삶을 좌우한다고 말할 수 있다. 50대 이후의 인생은 40대에 결정된다고 해도 좋다. 50대 이후는 40대에 해놓은 일의 결과가 나오는 시기다. 지혜롭게 늙고 싶다면 40대가 중요하다는 사실을 잊기 않길 바란다.

젊음은 마음에서 나온다

자신이 지금 인생의 어느 부근에 있는가를 객관적으로 판단한 뒤에는 자신의 나이를 잊자. 마음을 쓰지 말자. 그것이 언제나 젊게 사는 비결이다.

서구에서는 여자에게 나이를 묻는 것은 실례라고 해서 소개란 등을 보아도 나이가 써 있지 않은 경우가 많다. 하지만 일본의 경우 반드시 출생지와 나이, 최종학력이 필요하고 본인이 싫더라도 밝히도록 되어 있다. 그런 형편이니 나이를 의식하지 않을 수 없다.

그런 외적인 조건으로 지나치게 속박하고 그 사람의 본질을 보려고 하지 않는 경우가 많다. 태어난 해가 있으니 현재 나이가 엄연히 존재하지만 그것만 가지고 사람을 판단해선 안 된다.

'마음이 젊다'는 말이 있다. 마음이 젊은 사람은 젊음이 자연스럽게 표출되어서 곁에서 보기에도 젊어 보인다. 그런가 하면 '병은 마음에서 생긴다'는 말도 있다. 그만큼 마음가짐이 중요하다는 말일 것이다.

젊음도 '마음'에서 나온다. 마음이 젊지 않으면 재미가 없다. 마음속에 생기 있는 젊은 감각을 언제까지고 유지하며 사는 것은 멋진 일이다.

또한 감수성이 풍부한 것은 작은 감동을 소중히 하는 데서 나온다. 다른 사람이 아니라 자신이 어떻게 생각하고 느끼는가를 마음깊이 새기자.

돌아가신 우리 어머니는 여든 살이 넘어서도 소녀 같은 부분이 있었고 그것을 소중하게 지켰다. 보라색을 좋아해서 보랏빛 닭의장풀과 붓꽃, 이슬을 머금고 핀 제비꽃을 좋아했기 때문에 해마다 봄이 되면 고향집 뜰에는 제비꽃이 사방에서 꽃을 피웠다. 어머니가 읊는 단가도 내가 보기에는 소녀취향이라고 생각될 정도로 꿈결 같은 것이 많았다. 하지만 그것이 가능했던 것은 당신 스스로도 그런 것을 지키려고 무던히 노력했기 때문이 아닐까.

나이를 먹으면 육체도 감수성도 메말라 버린다. 젊을 때 이상으로 노력하지 않으면 생기를 간직하기 어렵다.

호기심을 갖고 변화가를 걸어보자

감수성과 함께 중요한 것을 한 가지 꼽는다면 호기심이다. 요즘은 시대 변화가 빨라서 끊임없이 새로운 것이 등장하고 가치관도 다양하다. 유행어나 패션 어느 한 가지를 보더라도 급격하게 변화한다. 그렇다고 그것을 쫓을 필요는 없지만 즐기는 마음을 가질 필요는 있다.

호기심은 흥미를 갖고 그것을 즐기는 데서 나온다.

젊은이들에게 인기가 있는 번화가를 직접 찾아가서 젊음의 기분을 가져보면 어떨까 싶다. 그곳이 화두로 떠오르기 시작했을 즈음 나는 그 거리를 걸어보고 나서야 젊은이들이 몰리는 이유를 알 수 있었다. 그 거리에는 매일 축제가 있고 누군가를 만나는 즐거움이 있다. 무슨 일인가가 일어날 것 같고 그곳을 걷기만 해도 축제에 참가할 수 있다. 길 양편으로 늘어선 가게에는 값비싼 번드르르한 물건은 없다. 하지만 가벼운 마음으로 들어가면 무엇인가 새로운 것이 있을 것 같은 기대를 갖게 한다. 축제 기간에 간이진열대가 늘어선 거리를 인파에 묻혀 걷는 즐거움이 그곳에는 있다. 가게는 모두 노점이다. 그런 생각을 하면서 걷고 있으면 마음이 즐거워진다. 처음에는 젊은이들과 섞여 걷는 것이 어색했지만 그런 느낌도 어느 순간 사라지고 그들과 하나가 된 듯한 느낌으로 바뀌었다.

디스코텍도 마찬가지다. 유행하는 디스코텍이나 젊은이들이 가고 싶어 하는 디스코텍에 들어가 보니 그곳은 다른 세계였다. 입구에서 복장을 체크하는 것은 이상하다고 말하는 사람도 있지만 그것은 일종의 놀이로, 변장이고 가장이다. 그것을 즐길 요량으로 들어가면 정말 재미있다.

고정관념에 사로잡힌 상태로는 재미를 느낄 수 없고, 일상에 집착하면 진보하지 못한다. 물론 쓸모없는 일은 버려야 하지만 '재미있다!'는 기분만큼은 잃어선 안 된다.

나는 방송계에 몸담고 있었고 구경하는 것을 좋아해서 재미있어 보이는 것이 있으면 지나치지 못하고 직접 가본다. 그리고 나름대로 그것을 이해해보려고 애쓴다. 그런 다음 그것이 필요 없다는 생각이 들면 과감하게 버린다.

재미있고 가슴 설레는 인생을 연출하자

젊은이의 감수성은 재미있다. 젊은 사람들이 재미있어 하는 것에는 나름대로 의미가 있다. 그렇기 때문에 젊은 사람을 만나는 것은 즐겁고 자신이 모르는 세계나 감각도 배울 수 있다. 만약 자녀가 있다면 자녀가 흥미를 갖고 있는 것에 직접 참가해보자. 처음부터 가치가 없다고 단정 짓는 것은 자신을 위해서도 좋을 것이 없다.

패션이 유행하는 것도 그 시대를 반영하고 감각적으로 와 닿은 그 무엇이 있다. 따라서 패션을 받아들이는 것도 결코 나쁘지 않다. 흉내 내지 않더라도 응용할 수 있는 것은 받아들여보자.

나는 그 해에 유행하는 것을 적어도 한 가지는 활용해서 옷차림에 활용하려고 생각한다. 색이든 형태든 분위기든 맵시든 무엇이든 좋다.

40대 정도의 여성이 아줌마라고 불리는 이유는 보기에 아줌마 같은 차림을 하고 있기 때문이다. 아줌마 패션은 대부분 상식의 테두리에서 나오려고 하지 않기 때문에 무난하고 재미가 없다. 자신의 개성을 전혀 살리지 못하는 그런 아줌마 패션을 볼 때마다 어째서 저런 옷만 선택하는가, 하는 생각을 하게 된다. 과감한 도전이나 상식을 뛰어넘는 것이 있을 때 젊게 보이는데 아줌마패션에는 그런 가슴 설렘이 어디에도 없다.

문제는 복장만 그런 것이 아니라는 점이다. 그 사람의 삶 자체가 무난하고 재미없고 몰개성적이다.

살아 있다는 것은 좀더 가슴 설레는 것이다. 가슴이 뛰고 모험과 기대, 불안이 섞인 마음을 언제까지고 가져야 한다. 생활 속에서 안심과 안정, 무난한 것만 찾아서는 인생은 즐겁지 않다. 인생을 즐겁게 만드는 것도 자신이고, 즐겁지 않게 만드는 것도 자신이다. 현명하게 늙는다는 것은 스스로 자신의 인생을 얼마나 재미있게 만드는가 하는 것이다.

몇 살을 먹든 멋을 잃지 말자

직업을 갖고 있는 내 주변의 여성들 가운데는 나이를 알 수 없는 사람이 많다. 아마도 열 살이나 스무 살 정도는 젊어 보일 것이다.

그런 사람들도 두 부류로 나눌 수 있다. 하나는 자신의 나이를 절대로 말하지 않는 사람이다. 그런 사람들의 경우 자신을 소개할 때 나이를 넣지 말도록 부탁한다고 한다. 나이로 자신이 판단되는 것이 아마도 싫기 때문일 것이다. 언제까지고 나이가 밝혀지지 않은 상태로 있고 싶다는 바람도 있을지 모르겠다. 그런 사람들 중에는 자신이 미인이라고 생각하고 언제까지나 그렇게 있길 바라는 사람이 많다. 그래서 스스로 아름다움을 지키려고 노력하고 몸가짐에 늘 주의를 기울인다.

다른 한쪽은 애초부터 자신의 나이를 스스로 말하는 사람들이다. 그들은 자신의 나이에 좌우되지 않는다. 사람들이 자신의 나이를 말하는 것에 마음 쓰지 않고 당당하다. 나이에 대한 내 생각은 후자다. 말하지 않으면 모를 일을 내 스스로 몇 살이라고 말해버린다. 다른 사람에게 말할 때 생년월일을 숨긴 적은 한 번도 없다. 숨긴다는 것이 오히려 나이를 의식하는 것 같은 인상이 들고 무엇보다도 '숨긴다'는 생각 자체가 나는 싫다. 자신의 나이는 어떻게도 바꿀 수 없다. 솔직히 몇 살이라고 말하든 무슨 상관인가. 사람은 누구나 사는 만큼 나이를 먹는다. 나는 다른 사람에게 이러쿵저러쿵 하는 말을 듣고 싶지 않다.

실제 나이와 달리 도깨비처럼 젊은 사람도 있고 나이에 걸맞게 보이는 사람도 있다. 나는 어느 쪽이든 상관없다고 생각한다. 내 나름대로 자연체로 살아간다면 그것이 나름대로 나의 삶 속에 묻어날 것이다. 주름살도 하나하나 의미가 있으면 된다. 주름을 제거하고 싶은 마음도 없고 성형수술을 생각해본 적도 없다. 배우와 같이 직업적으로 아름다움을 가꾸어야 한다면 그런 노력이 필요하겠지만 사람의 욕망은 끝이 없기 때문에 고치기 시작하면 결국 전부 고치지 않고는 못 배긴다. 한 번 수술을 받으면 몇 번이고 수술을 하게 된다. 그렇기 때문에 나는 태어난 그대로의 모습을 간직하고 있다.

그렇다고 해도 멋은 역시 중요하다. 화장도 좋지만 그것보다 화장하지 않은 맨얼굴을 소중하게 생각하자. 피부를 건강하고 아름답게 유지하는 노력도 필요하다.

앞으로의 삶이 '얼굴'을 만든다

어느 평론가는 여든 살을 넘기고도 변함없이 아름다움을 간직하고 있다. 그 이유는 첫 번째는 마음에 열정을 계속 간직하고 있기 때문이고, 다른 하나는 피부관리나 건강에 주의를 기울이고 있기 때문이다. 날마다 목욕한 뒤에는 마사지를 거르지 않고, 짬이

나면 수영도 다니는 등 건강에도 신경을 쓰고 있다. 그렇기 때문에 뽀얀 피부는 맨질맨질하고 주름도 거의 없다.

그 피부에 잘 어울리는 새먼핑크나 로즈핑크의 밝은 계통의 옷을 입고 손가락에는 매니큐어를 바르고 반지를 낀다. 나이를 먹고도 열정을 발산한다는 것은 멋진 일이다. 하지만 그것은 노력으로 만들어진 것이다.

이런 사람의 특징은 마음속의 불이 계속 타고 있다는 것과 멋을 간직하고 있다는 것이다.

우리 어머니도 멋을 아셨던 분이었다. 이웃집에 잠깐 다녀올 때도 옷을 갈아입고 소품까지 제대로 갖추었을 정도다. 돌아가시기 전에도 '내가 죽으면 마사지를 하고 화장도 해주면 좋겠다'고 도우미 아줌마에게 늘 입버릇처럼 말하곤 했는데 돌아가신 후에는 원하시던 대로 해드렸기 때문에 돌아가신 어머니의 모습은 한결 젊어 보였다.

어머니는 집에서 편안한 옷차림을 하는 내 모습을 늘 마음에 두셨다. 나는 밖에서 사람을 만나거나 사람들 앞에 서는 것이 일이기 때문에 평소에는 편한 옷차림으로 지냈다. 하지만 앞으로는 신경을 써야겠다. 편한 자세로 있거나 마음이 느슨할 때 나이가 나오기 때문이다. 일상생활에서도 적당한 긴장감은 필요하다. 사적인 시간에도 자신을 가꾸면 긴장감을 유지할 수 있다.

젊었을 때는 젊은 날의 아름다움이 있지만 나이를 먹은 뒤에도 그 나름의 아름다움이 있다. 나이가 든 다음의 아름다움은 '좋은 얼굴'이다. 흔히 남자의 얼굴을 이력서라고 말하는데, 남자의 얼굴은 그 사람의 인생, 특히 직업력을 보여준다. 그에 반해 여자의 얼굴은 그 사람의 삶, 생각을 보여준다. 여자도 자신의 얼굴에 책임을 갖고 적어도 지금보다 '좋은 얼굴'을 갖도록 애쓰자. 40대는 '좋은 얼굴'이 되는가 안 되는가의 갈림길이다. ✻

40대 여성, 이제부터가 진짜 인생의 시작이다

초판 1쇄 발행 / 2005년 7월 20일
지은이 / 시모쥬 아키코
옮긴이 / 오희옥
발행처 / 지혜의나무
발행인 / 이의성
등록번호 / 제1-2492호
주소 / 서울 종로구 관훈동 198-16 남도빌딩 3층
전화 / 02-730-2211, 팩스 02-730-2210

ISBN 89-89182-30-1   03830
ISBN 89-89182-27-1 (세트)